KB263082

노빈손의 버뮤다 어드벤처

노빈손의 버뮤다 어드벤처

초판 1쇄 펴냄 2001년 4월 24일
    32쇄 펴냄 2019년 5월 27일

지은이 박경수 김훈기
일러스트 이우일
펴낸이 고영은 박미숙

펴낸곳 뜨인돌출판(주) | 출판등록 1994.10.11.(제406-251002011000185호)
주소 10881 경기도 파주시 회동길 337-9
홈페이지 www.ddstone.com | 블로그 blog.naver.com/ddstone1994
페이스북 www.facebook.com/ddstone1994 | 노빈손 www.nobinson.com
대표전화 02-337-5252 | 팩스 031-947-5868

ⓒ 2001 박경수, 김훈기
'노빈손'은 뜨인돌출판(주)의 등록상표입니다.

ISBN 978-89-5807-188-4 03810

이 도서의 국립중앙도서관 출판예정도서 목록(CIP)은 서지정보유통지원시스템 홈페이지
(http://seoji.nl.go.kr)와 국가자료종합목록시스템(http://seoji.nl.go.kr/kolisnet)에서
이용하실 수 있습니다. (CIP제어번호 : CIP2011000044)

노빈손의 버뮤다 어드벤처

뜨인돌

머 리 말

정글을 떠난 노빈손이 이번엔 바다로 갔다. 그것도 지구상에서 가장 무시무시하고 공포스럽고 오싹한 죽음의 바다로. 배와 사람과 비행기가 흔적도 없이 사라져 버린다는 '버뮤다 삼각해역'이 바로 그곳이다.

혹시 어떤 사람들은 코웃음을 칠지도 모른다. 지금 때가 어느 땐데 그런 한물간 소릴 하느냐고. 그런 건 바다에 대해 아무것도 모르던 옛날에나 통하던 얘기라고. 유전자를 해독하고 별나라를 탐험하는 눈부신 과학의 시대에 웬 버뮤다 타령이냐고 말이다. 그들의 믿음대로 우리는 바다에 대해 충분히 알고 있을까?

인간이 3대양을 건너는 긴 항해에 성공한 건 5백여 년 전. 하지만 뱃사람들이 본 건 단지 바다의 거죽이었을 뿐이고, 바다 밑바닥의 윤곽을 대충이나마 알게 된 건 겨우 50여 년 전의 일이다. 잠수정을 이용한 해저 탐사의 역사는 30년이 채 안 된다. 바다 속에 살고 있는 수천만 종의 생물들 중 인간이 알고 있는 건 기껏해야 몇 백 분의 1에 불과하다.

어디 그뿐이랴. 바다의 겉과 속을 흐르는 해류들, 걸핏하면 발생하는 바다의 기상이변, 그리고 바다가 지구의 날씨와 생태계에 미치는 크고 작은 영향들. 그 중에서 인간이 지금껏 알아낸 건 그야말로 파도 속의 물거품 수준밖에 안 된다. 과학의 세기라는 21세기에도 바다는 여전히 수수께끼로 가득 찬 미지의 공간으로 존재하고 있는 것이다.

이런 사실들은 우리로 하여금 바다 앞에서 새삼 옷깃을 여미게 만든
다. 그리고 바다 위를 떠도는 수많은 전설들에 대해서도 다시 한 번 생
각해 보게 만든다. 배를 한 입에 삼키는 거대한 괴물, 가라앉은 대륙과
신비한 해저 도시, 바다 위를 떠도는 정체불명의 유령선, 그리고 슬픈
운명을 지닌 인어의 전설……. 물론 이 모두가 진짜일 리는 없지만 그렇
다고 해서 전부 다 가짜라고 섣불리 말할 수도 없지 않을까? 분명한 건,
바다가 빚어내는 무수한 신비 앞에서 인간은 여전히 작고 초라하고 무
지한 존재라는 사실이다.

　노빈손은 대서양과 태평양을 넘나들며 많은 것들을 보고 듣고 경험한
다. 여러분들이 이 책을 통해서 바다가 얼마나 신비하고 경이로운 공간
인지 알게 된다면 우리의 주인공은 아마도 커다란 보람을 느낄 것이다.
그리고 앞으로도 더 힘들고 고달픈 모험을 마다하지 않을 것이다. 부디
그의 모험이 여러분에게 바다와 환경과 평화의 중요성을 일깨우는 좋은
계기가 되길 바란다.

2001년 4월 15일
광화문에서

차례

로빈슨 유령의 도움을 받아 가며
차츰 무인도 생활에 적응해 나간다.

비행기 사고로 무인도에 추락하여
갖은 고생을 겪던 노빈손은

신세대 무인도맨답게 다시 정신을
가다듬고 뗏목을 만들어
마침내 탈출에 성공한다.

시간이 흘러도 구조될 기미가 없자
한동안 우울증에 시달리기도 하지만

또다시 비행기 사고를 당한 노빈손은
이번엔 아마존 정글에 추락하고

여인왕국의 부활을 둘러싼 신탁의
수수께끼를 풀기 위한 모험에 나선다.

정글을 망가뜨리는 악당들과의
숨막히는 대결 끝에

마침내 모든 비밀을 밝혀내고
정글을 떠나 집으로 향하게 된다.

1

엄마의 편지

빈손에게

우체부 덕분에 편지는 잘 받았다.

하지만 네가 적어 보낸 얘긴 무슨 소린지 하나도 모르겠구나. 대관절 그 정글 속 깡촌에 여왕이 어디 있다고 그런 귀신 씨나락 까먹는 소릴 하는 게냐? 게다가 여신의 신탁이라니. 내가 온 동네 점쟁이들한테 일일이 물어 봤지만 '가이아'라는 여자 신령은 아무도 모른다더라.

내가 니 속을 모를 줄 알아? 너 엄마한테 혼날까 봐 거짓말 하는 거지? 안 봐도 뻔하다, 이녀석아. 집에도 안 오고 학교에

낮에는 바다에서 육지로 해풍이 불고 밤엔 육지에서 바다로 육풍이 분다. 그 이유는 다름 아닌 기압 때문. 낮에는 바다보다 육지가 빨리 데워지기 때문에 공기가 팽창하여 위로 올라가고, 육지의 기압이 바다보다 낮아진다. 그래서 고기압인 바다쪽 공기가 저기압인 육지로 밀려 오며 해풍이 부는 것이다. 하지만 밤엔 육지가 더 빨리 식기 때문에 공기 흐름이 반대가 되어 육풍이 분다. 바다와 육지의 기압이 비슷해지는 아침과 저녁엔 바람이 거의 불지 않는데, 그 시간대를 '아침뜸'과 '저녁뜸'이라고 한다.

도 안 가고 천방지축 쏘다니다가 이제 와서 그런 허무맹랑한 소리 하면 내가 속을 거 같애?

여러 소리 할 거 없다. 지금 당장 집으로 오거라. 단, 절대 비행기는 타면 안 돼. 니가 왜 하늘에만 올라가면 사고를 당하는지 아니? 다 비행기랑 궁합이 안 맞기 때문이야. 하지만 바다라면 걱정할 거 없다. 내가 그 동안 용왕님한테 드린 치성이 있는데 설마하니 널 잡아가시기야 하겠니?

그럼 곧 오리라 믿고 기다리마. 이번에 또 딴짓 하느라 늦게 오면 집에서 영영 쫓아내 버릴 테니까 그런 줄 알아. 집에 들어올 때 종아리 걷는 거 잊지 말고.

서울에서 엄마가

"에휴―."

노빈손은 길게 한숨을 내쉬며 다시 한 번 편지를 들여다보았다. 어찌나 자주 꺼내 읽었는지 이젠 눈을 감고도 내용을 줄줄 외울 정도였다. 빳빳하던 편지지가 바닷바람에 절어 마치 휴지처럼 너덜너덜하게 변해 있었다.

처음에 편지를 받았을 때만 해도 노빈손은 반가움에 겨워 눈물이 핑 돌았다. 세상에 태어나서 처음으로 받아 본 엄마의 편지가 아니었던가. 그것도 한국이 아니라 지구 반대편의 낯선 나라에서 받은 편지였으니 눈물이 나오는 것도 무리는 아니었다.

하지만 막상 편지를 읽고 나니 이번엔 은근히 심통이 나기 시작했다. 천신만고 끝에 간신히 악당들을 물리치고 생명의 동굴을 찾아냈는데 따뜻하게 위로는 못 해줄 망정 종아리를 걷고 오라니?

'하긴, 엄마가 내 말을 못 믿는 것도 무리는 아니지. 직접 겪은 나도 그게 꿈이었는지 생시였는지 헷갈리는데 남들이 어떻게 그걸 믿겠어?'

노빈손은 지난 몇 달 동안 겪은 일들을 가만히 돌이켜 보았다. 비운의 여왕 히프미테, 정글의 용사 마쿠나이마, 아마존 소녀 모질라네, 그리고 긴 모험의 과정에서 만났던 인디오들의 얼굴이 차례로 스쳐 지나갔다. 아찔하면서도 흥미진진했던 꿈결 같은 시간들. 하지만 모두 지나간 추억일 뿐이었다. 이제 그는 다시 엄마와 말숙이가 기다리는 한국으로 돌아가야 하는 것이다.

'할 수 없지, 뭐. 종아리를 맞건 볼기를 맞건 일단은 집으로 가는 수밖에. 그런데 내가 집에 갈 수 있긴 한 걸까?'

노빈손이 탄 배는 지금 남미 대륙의 위쪽 해안선을 거슬러 올라가는 중이었다. 아마존 하구에서 배를 타고 한국으로 가려면 일단 북대서양과 카리브해를 거쳐 파나마로 가야 했다. 남대서양 쪽으로 빙 돌아가는 것에 비해 최소한 다섯 배는 더 빠른 코스이기 때문이다. 두 개의 바다를 잇는 파나마 운하를 통과하면 거기부터는 드넓은 태평양. 아

바다처럼 넓은 아마존 하구

아마존 하구는 강이라기보다는 바다라고 해야 할 정도로 넓다. 대서양으로 흘러드는 하류 부근의 강폭은 무려 100Km. 시속 100Km의 자동차로 강을 건너도 꼬박 1시간이 걸린다는 얘기다. 바다 입구의 삼각주 폭은 자그마치 320Km나 되며, 마라조 섬을 비롯한 크고 작은 섬들이 마치 남해바다의 다도해처럼 빽빽히 늘어서 있다. 하구에서 해안선을 따라 북쪽으로 올라가면 북대서양을 거쳐 카리브해에 닿고, 남쪽으로 내려가면 남대서양을 거쳐 남극에 닿는다.

시아는 무려 수만 Km나 되는 망망대해의 건너편에 있을 터였다.

배를 타기로 한 건 꼭 엄마의 편지 때문만은 아니었다. 누구보다도 노빈손 자신이 비행기라면 넌덜머리가 났던 것이다. 사고 확률 100%. 타기만 하면 추락하는 비행기를 뉘라서 또 타고 싶겠는가. 길고 지루하더라도 차라리 하늘보다는 바다가 낫다는 것이 그의 생각이었다.

파나마행 배를 탈 수 있었던 건 정글에서 만난 마마프네 노인 덕분이었다. 선원 출신인 그가 옛 친구들에게 수소문하여 작은 여객선의 3등칸을 마련해 주었던 것이다. 하지만 파나마에 도착하고 나면 그때부터는 오로지 노빈손 스스로의 힘으로 한국까지 가야 한다. 몰래 밀항을 하거나, 멍텅구리 배에 취직을 하거나, 이도저도 아니면 차라리 조오련 아저씨처럼 헤엄을 치거나.

"에라 모르겠다. 어떻게 되겠지 뭐. 설마 파나마에 눌러앉을 일이야 있을라구? 노빈손 사전에 불가능이란 없다 이거야. 으랏차차—"

노빈손은 목청껏 함성을 지르며 하늘을 향해 주먹을 흔들어 댔다. 가슴을 채우고 있던 불안과 걱정이 저만치 사라지고 노빈손 특유의 모험심이 다시 꿈틀거리기 시작했다. 잔잔하게 일렁이는 적도의 수평선 위로 하나 둘씩 별이 떠오르고 있었다.

알고 넘어가자! 바다의 이름

지구상의 모든 바다는 하나로 이어져 있지만 그 이름은 지역에 따라 다르다. 현재 세계지도에 나와 있는 크고 작은 바다의 이름은 약 70여 개에 이른다.

바다의 이름을 제대로 모르면 외국영화나 소설을 볼 때 멍청해지기 딱 좋다. 또 해외여행을 가서도 망신당할 가능성이 많다. 노빈손의 항해 코스를 읽고 그게 무슨 얘긴지 헷갈리는 독자들은 이번 기회에 바다의 이름을 확실히 익혀 두도록 하자.

다섯 개의 큰 바다, 5대양

크고 넓은 바다에는 '양(洋)'이라는 글자를 붙인다(영어로는 Ocean). 세상에서 오직 다섯 개의 바다만이 이름 뒤에 '양' 자를 달고 있다. 크기순으로 나열하면 태평양, 대서양, 인도양, 남빙양(남극해), 북빙양(북극해). 이를 일컬어 '5대양'이라고 한다. 5대양 중 남·북극해를 뺀 세 개의 바다를 흔히 '3대양'이라고 부른다.

남해는 태평양이 아니다!

5대양 외의 모든 바다엔 '해(海)'자가 붙는다(영어로는 Sea). 동해, 지중해, 흑해, 카리브해, 오호츠크해, 베링해 등등. 육지와 가까운 바다들은 대부분 이런 식으로 자기만의 이름을 따로 갖고 있다.

엄밀하게 따진다면 모든 '해'는 '양'의 일부분이다. 하지만 카리브해를 대서양이라 부르거나 남해를 태평양이라 부르는 사람은 아무도 없다. 만일 '우리나라 남쪽 바다의 이름은?'이라는 시험문제에 '태평양'이라는 답을 쓴다면 그건 보나마나 빵점이다(물론 '동해'를 '일본해'라고 써도 빵점이다).

북해
아시아
오호츠크해
유럽
흑해
카스피해
동해
한국
지중해
아프리카
홍해
아라비아해
남지나해(남중국해)
인도양
오세아니아

북빙양(북극해)
베링해
그린랜드
북아메리카
대서양
태평양
카리브해
아프리카
파나마 운하
로빈손의 항해 코스
아마존강
남아메리카
빙양(남극해)

아틀란티스를 찾는 사나이

"헤이, 가르송! 뭘 그리 열심히 보고 계슝?"

등뒤에서 누군가 어깨를 툭 치며 말을 건넸다. 가르송이 뭐더라? 맞아, 불어로 소년이란 뜻이지. 그럼 이 사람은 프랑스인이구나…….

노빈손은 자기의 외국어 실력에 스스로 감탄하며 천천히 고개를 돌렸다. 짧은 머리에 터프한 턱수염, 그리고 검은 선글라스. 마치 킬러 레옹처럼 생긴 건장한 사내였다.

"봉쥬르 무슈(아저씨 안녕?). 난 한국의 노빈손이에요."

"오우, 꼬레아. 아주 멀리서 온 가르송이구나."

"아저씬 프랑스 사람인가요?"

"맞아, 난 프랑스에서 온 고고학자란다. 내 이름은 몽조리 가볼레옹이야."

가볼레옹? 생긴 거만 비슷한 줄 알았더니 이름까지 레옹이네. 이 사람 혹시 고고학자가 아니라 나이트클럽 종업원 아니야? 즉석미팅 OK! 입구에서 레옹을 찾아 주세요…….

노빈손은 피식 웃음이 나오는 걸 참으며 물었다.

"아저씬 가보고 싶은 데가 아주 많은가 보죠?"

"많고 말고. 내가 고고학자가 된 것도 다 그거 때문인걸. 정말로 가보고 싶은 곳은 아직 못 가봤지만."

"그게 어딘데요?"

"아틀란티스."

"예? 아틀란티스요?"

노빈손은 눈을 동그랗게 뜨며 되물었다. 아틀란티스라면 옛날에 바다 속으로 가라앉아 버렸다는 전설 속의 대륙 아닌가. 만화에나 나오는 그 대륙을 찾기 위해 고고학자가 되다니. 노빈손은 아무래도 가볼레옹의 직업이 의심스러웠지만 상대의 표정은 몹시 진지했다.

"맞아, 아틀란티스. 수많은 전설과 수수께끼로 둘러싸인 신비의 대륙이지. 그곳을 찾는 일은 우리 레옹 가문에 대대로 전해지는 오랜 가업이란다."

"가업씩이나?"

바다 상식 3 : 바다의 깊이

바다의 깊이는 지역에 따라 크게 다르며 같은 지역에서도 해저 지형에 따라 수천 m씩 차이가 난다. 태평양의 경우 평균 깊이는 4,280m 지만 최대 깊이는 1만 m 이 상이며, 대서양은 평균 3,300m에 최대 9,144m, 인도양은 평균 3,897m에 최대 7,450m, 북극해는 평균 1,300m에 최대 5,450m다. 전체 바다의 평균 깊이는 약 3,800m이며, 가장 깊은 곳은 북태평양의 마리아나 해구로 자그마치 11,034m나 내려가야 바닥에 닿을 수 있다. 에베레스트 산(8,848m) 위에 한라산(1,950m)을 얹은 것보다도 236m나 더 깊은 셈이다.

"내 할아버지인 헤멜레옹 박사는 무려 80년간 아틀란티스의 흔적을 찾아서 헤매 다녔어. 아버지 케넬레옹은 50년간 지중해에서 해저 유물을 캐낸 잠수부였고."

"그랬는데요?"

"다 허사였어. 그분들은 결국 아무것도 못 찾아내고 허무하게 돌아가셨으니까. 하지만 난 달라."

"뭐가 다른데요?"

"난 오랜 연구 끝에 드디어 비밀을 풀 열쇠를 찾았거든. 내 연구에 의하면……."

가볼레옹은 갑자기 주변을 휘휘 둘러보더니 행여나 누가 들을세라 목소리를 잔뜩 낮췄다.

"아틀란티스는 이 밑에 있어."

"밑이라뇨? 배 밑바닥요?"

"멍청하긴."

가볼레옹은 한심하다는 표정을 지으며 손가락으로 바다를 가리켰다.

"바다 밑에 있단 말야."

"치이, 난 또 뭐라고. 그걸 누가 몰라요?"

노빈손은 코웃음을 쳤다. 대륙이 가라앉았다면 당연히 바다 밑에 있지, 그럼 하늘 위에 있나? 그게 무슨 대단한 발견이라고. 틀림없어, 이 사람은 고고학자가 아니라 웨이터야.'

하지만 가볼레옹의 표정은 여전히 진지했다.

“모르고 말고. 그 바다의 정확한 위치를 아는 사람은 아무도 없다구.”

“그럼 아저씨는 안단 말이에요?”

“물론이지.”

“어딘데요?”

“내가 미쳤냐? 그걸 가르쳐 주게. 정 궁금하면 용왕님이나 인어공주한테 물어 봐.”

가볼레옹은 어림도 없다는 듯 손을 내저으며 바다를 향해 눈길을 돌렸다. 뱃전 너머로 북대서양의 짙푸른 바닷물이 넘실거리고 있었다.

노빈손은 여전히 미심쩍은 표정으로 가볼레옹의 얼굴과 바다를 번갈아 쳐다봤다. 아틀란티스가 정말로 존재했었다는 걸 도무지 믿을 수 없었기 때문이다. 자기는 초등학교 때 이미 그 얘기가 뻥이라는 걸 깨달았는데, 어른이 되어서도 그걸 철석같이 믿고 찾아다니는 사람이 있을 줄이야.

“파나마에 도착하면 난 즉시 최신 장비를 구해서 탐사에 나설 거야. 두고 봐. 이제 곧 세상이 발칵 뒤집힐 위대한 발견이 있을 테니까. 푸하하하—.”

가볼레옹은 목젖이 보일 정도로 입을 크게 벌려 가며 호탕한 웃음을 터뜨렸다. 노빈손은 소나기처럼 쏟아지는 가볼레옹의 침을 피하기 위해 황급히 고개를 돌렸다. 뒤통수가 마치 금방 머리를 감은 것처럼 축축해졌다.

바다 상식 4 : 바닷물의 성분
바닷물의 96.5%는 물(H_2O)이며 나머지는 염분이다. 원래 빗물이었던 바다가 짠물이 된 것은 육지의 바위에 달라붙어 있던 염분이 강물에 씻겨 수억 년 동안 계속 바다로 흘러 들었기 때문. 염분 농도는 ‰(퍼밀. 1‰=1/1,000)로 표시하며, 바닷물의 염분 농도는 평균 35‰이다. 바닷물 1ℓ 속에 35g의 소금이 녹아 있다는 뜻이다. 바닷물 속에 녹아 있는 소금을 다 합치면 지구 표면을 무려 150m 두께로 덮을 수 있다고 한다.

너희가 아틀란티스를 아느냐

아틀란티스라는 이름을 세상에 처음으로 알린 사람은 고대 그리스의 철학자 플라톤(기원전 428~348)이다. 그가 기원전 355년에 쓴 『대화편』은 아틀란티스에 관한 최초의 기록인 동시에 유일한 기록이며, 지금까지 전세계에서 발간된 5천여 종의 아틀란티스 관련 서적들은 예외 없이 그 기록을 연구의 출발점으로 삼고 있다.

『대화편』에는 당시 지중해 일대에 전해지던 아틀란티스의 전설이 19가지 항목에 걸쳐 매우 상세하게 기록되어 있다. 여기서 잠시 그 내용을 확인해 보자.

어디에 있었을까?

"지중해의 서쪽 바다에 리비아와 소아시아를 합친 것보다 더 큰 거대한 땅이 있었다. 그곳엔 리비아와 이집트와 유럽의 티레니아 근처까지 점령하여 다스리던 강력한 왕국이 있었다."

위 문장은 플라톤이 남긴 기록을 오늘날의 지명으로 바꾸어 옮긴 것이다. 지중해의 서쪽 바다는 당연히 대서양을 의미한다. 리비아는 지중해 남쪽의 북아프리카를, 그리고 소아시아는 지중해 북동쪽의 터키 지역을 가리킨다.

그 두 지역을 합친 것보다 더 컸다면 아틀란티스의 면적은 거의 오세아니아 대륙에 버금갈 정도였다고 할 수 있다. 그렇다면 동쪽의 유럽 대륙뿐 아니라 서쪽의 아메리카 대륙과도 충분히 왕래가 가능했을 것이다. 『대화편』에도 "당시엔 아틀란티스를 거쳐 바다 반대편의 대륙까지 갈 수 있었다"는 구절이 나온다.

아틀란티스라는 이름은 왜 붙었을까?

　아틀란티스의 전설은 신화에 뿌리를 두고 있다. 지중해 일대가 그리스 · 로마 신화의 중심 무대임을 감안할 때 그건 어쩌면 당연한 일이다. 『대화편』에는 이런 얘기가 나온다.

　"그곳은 신들이 토지를 나누어 분배할 때 바다의 신 포세이돈의 몫으로 주어진 땅이었다. 포세이돈은 장남인 아틀라스를 그곳의 첫번째 왕으로 임명했으며, '아틀란티스' 라는 왕국의 이름도 거기에서 비롯되었다."

23

왕국의 이름만 그런 게 아니다. '대서양'을 뜻하는 영어 '아틀란틱(Atlantic)' 역시 아틀라스의 이름에서 비롯된 것이다. 그런가 하면 지중해 남서쪽의 모로코엔 아예 '아틀라스 산맥(Atlas Mts.)'이라는 커다란 산맥까지 있다.

왜 멸망했을까?

플라톤에 의하면 아틀란티스는 '완벽한 국가'였다고 한다. 비옥한 토지와 풍부한 자원, 최강의 군대, 그리고 고도의 문명을 두루 갖춘 이상적인 국가였다는 것이다.

하지만 오랫동안 번영을 누리던 아틀란티스인들은 차츰 타락과 사치에 물들기 시작했다. 그들은 대대적인 침략 전쟁에 나서 인근의 거의 모든 국가들을 점령하고 주민들을 노예로 삼았으며, 지중해에서 유일하게 정복되지 않은 채 버티고 있던 아테네를 장악하기 위해 대규모 함대를 파견하게 된다.

아테네를 중심으로 한 그리스 연합군은 필사적인 저항 끝에 침략군을 물리쳤다. 바로 그 시기에 아틀란티스에는 무시무시한 재앙이 들이닥친다. 신의 형벌이라고밖에는 달리 설명할 수 없는 그 재앙을 플라톤은 이렇게 기록하고 있다.

"국민들의 타락으로 인해 아틀란티스는 끔찍한 저주를 받게 되었다. 엄청난 지진과 홍수와 해일이 일어났고, 몹시 무서운 날이 닥쳤다. 단 하루 밤낮 사이에 대륙은 바다 밑으로 흔적도 없이 사라져 버렸다."

언제 침몰했을까?

『대화편』의 기록은 아테네의 솔론(기원전 630∼560)이 전한 이야기를 플라톤이 그대로 옮겨 놓은 것이다. 솔론은 기원전 6백 년에 이집트를 여행하다가 어느 성직자에게 그 전설을 들었는데, 아틀란티스가 침몰한 건 당시로부터 약 9천 년 전이었다고 한다.

이를 바탕으로 아틀란티스의 침몰 시기를 추측해 보자. 일단 기원전 6백 년에 9천 년을 더하면 9천6백 년이 된다. 그리고 지금이 기원후 2천 년이니까 그걸 다시 더하면 1만 1천6백 년이 된다. 즉, 아틀란티스는 지금으로부터 약 1만 2천 년 전에 바다에 가라앉았다는 얘기다.

아틀란티스는 침몰 전에 1만 3천9백 년간 번성했다고 한다. 그렇다면 아틀라스가 왕국을 다스리기 시작한 건 2만 5천5백 년 전이라는 계산이 나온다. 결론적으로, 아틀란티스는 약 1∼2만 년 전에 대서양 어딘가에 존재했다는 것이다.

학문적으로 보나 상식적으로 보나 좀처럼 믿기 힘든 아틀란티스의 전설. 하지만 아직도 많은 사람들이 그 전설 속의 대륙을 찾아 끊임없이 목숨을 건 해저탐사에 나서고 있다. 그들 중에는 고고학자도 있고 인류학자도 있으며 지질학자와 천문학자와 해양학자도 있다. 또 일확천금을 노리는 도굴꾼들도 있다.

늙은 선원의 휘파람

밤바다는 신비한 아름다움을 지니고 있었다. 하늘에는 무수하게 많은 별들이 제각기 크고 작은 빛을 흩뿌리며 총총히 떠 있었고, 검은 바다는 잔잔하게 뒤척이며 배를 천천히 들어올렸다가 다시 내려놓곤 했다. 어둠에 가리워 보이지는 않았지만 노빈손은 수평선이 어디쯤인지 알 것 같았다. 쏟아질 듯 빼곡한 별들이 문득 보이지 않는 곳, 바로 거기가 하늘과 바다가 만나는 긴 수평선일 것이었다.

휘파람 소리가 들려 온 건 바로 그때였다. 어둠 속에서 누군가가 마치 새소리처럼 멋들어지게 휘파람을 불고 있었던 것이다. 두리번거리는 노빈손의 눈에 베레모를 비스듬히 눌러쓴 늙은 선원이 보였다. 깊게 패인 주름과 그을린 피부, 그리고 손때가 묻은 낡은 마도로스 파이프. 영화에서 흔히 볼 수 있는 전형적인 뱃사람의 모습이었다.

"안녕, 밤바람이 참 시원하구나."

"그러네요."

노빈손은 싱긋 웃으며 반갑게 노인을 맞았다. 그의 눈빛과 표정이 이웃집 할아버지처럼 친근하게 느껴졌던 것이다. 노인의 잔잔한 눈빛과 억센 팔뚝을 보며 노빈손은 왠지 그가 바다를 닮은 것 같다는 생각이 들었다. 모르긴 해도 그의 가슴 역시 바다처럼 넓고 깊을 것만 같았다.

"저는 한국에서 온 노빈손이에요. 할아버지는요?"

"난 포르투갈 사람이고 이름은 오만데 다가마라고 한다. 이 배의 항해사를 맡고 있지."

"네에, 히힛."

"왜 웃지?"

"그냥… 이름이 재밌어서요."

오늘 만난 사람들은 하나같이 역마살이 끼었나? 왜 다들 이름들이 그렇지? 몽조리 가볼레옹에 이어 이젠 오만데 다가마라니. 하긴, 이름이 잘 어울리긴 하는군. 배를 타고 전 세계를 돌아다닌 베테랑이니까. 노빈손은 고개를 끄덕이며 물었다.

"할아버지는 배를 오래 타셨으니까 안 가본 데가 없겠네요?"

"그럼, 말 그대로 오만 데 다 가봤지. 땅 위라면 몰라도 바다 위에서는 정말이지 안 가본 데가 없을 정도니까."

"바다가 그렇게 좋던가요? 평생 떠나지 못할 정도로?"

"글쎄… 아무래도 집안 내력인 거 같더구나."

"집안이라뇨?"

"우리 집안은 대대로 바다를 누빈 뱃사람들이었단다. 벌써 5백 년이나 지났는걸."

"우아, 정말요?"

'마도로스'는 어느 나라 말일까?

엄마들이 좋아하는 트롯 가요의 가사에 가끔 등장하는 '마도로스'. 그게 뱃사람을 뜻한다는 건 많이들 알고 있지만 어느 나라 말인지 아는 사람은 별로 없다. 또 정확한 철자법을 아는 사람도 없다. 왜냐하면 이 단어가 영어가 아니라 네덜란드 말이기 때문. '마도로스'의 철자는 'matroos'이며 영어로는 뱃사람을 '세일러(sailor)'라고 부른다. '마도로스 파이프'는 담배통이 크고 뭉툭하며 대가 짧은 서양식 담뱃대를 일컫는 말이다.

"혹시 너도 알지 모르겠구나. 바스코 다 가마라는 이름을……."

"바스코 다 가마? 아하, 그 유명한 탐험가 말이죠? 유럽에서 인도로 가는 뱃길을 처음으로 개척했던……."

"맞아맞아. 그분이 바로 내 30대조 할아버지란다. 하하하—."

다가마 노인은 환한 표정으로 웃음을 터뜨렸다. 가문의 전통에 대한 자부심이 한껏 우러나는 모양이었다. 노빈손은 노빈손대로 자기의 해박한 지식에 스스로 감탄하여 어깨를 으쓱거렸다. 장하다, 노빈손! 한국인의 총명함을 세계 만방에 떨치는구나.

"그런데, 지금껏 가본 곳들 중에서 어디가 제일 멋있었나요?"

"멋으로 따지면 뭐니뭐니해도 섬이 최고지. 하지만 제일 멋진 섬이 어디였는지는 대답하기 어렵구나. 멋진 데가 하도 많아서 딱히 한곳만 꼽을 수가 없거든."

노인은 기억을 더듬으려는 듯 눈을 지긋이 감고 잠시 생각에 잠겼다. 그리고는 자기가 지금껏 보았던 아름다운 섬들에 대해 설명하기 시작했다. 하와이, 비키니, 미드웨이, 갈라파고스, 사모아, 몰디브, 보라카이, 실론, 자마이카… 무수하게 많은 이름들이 노인의 입을 통해 끊임없이 흘러나왔다.

“그런데 말이지, 아무리 많은 섬을 다녀 봐도 라파누이 처럼 신비스러운 곳은 없었어.”

“그게 어디 있는 섬인데요?”

“남태평양이지. 칠레와 뉴질랜드 사이에 있으니까. 그 왜 있잖니, ‘모아이’라고 불리는 거대한 석상들이 해변에 늘어서 있는 섬 말이야.”

“아하! 이스터 섬.”

“옳거니! 알긴 아는구나. 이스터는 유럽인들이 붙인 이름이고, 원주민들은 자기들의 섬을 라파누이라고 부르지.”

“그 섬 얘기는 저도 책에서 봤어요. 『모아이와 돌하루방』 이라는 만화책이었는데……”

노빈손은 말을 하다 말고 아차 싶어서 황급히 입을 다물었다. 책이라고는 오로지 만화책밖에 안 읽는다는 게 들통날까 봐 걱정이 됐던 것이다. 하지만 노인은 노빈손의 얘기를 들었는지 못 들었는지 마치 꿈꾸는 듯한 표정으로 말을 이었다.

“언젠가 배 위에서 그 섬을 바라본 적이 있었어. 안개가 지독하게 긴 날이었는데, 흐릿한 안개 너머로 모아이들의 모습이 어렴풋이 보였지. 마치 하늘나라의 병사들이 내려와 섬을 지키고 있는 것 같더구나.”

“그랬겠네요.”

“그 섬은 옛날부터 뱃사람들에게 성스러운 섬으로 우러

'이스터'라는 이름의 유래

이스터 섬은 칠레 서부 해안에서 3,700Km나 떨어진 남태평양의 망망대해에 홀로 솟아 있으며, 세계 최대의 수수께끼들 중 하나를 간직하고 있는 곳이다. 이 섬의 원래 이름인 '라파누이'는 원주민들 말로 '큰 육지'라는 뜻. 1711년에 네덜란드의 제독인 야코프 로헤벤이 유럽인으로서는 처음으로 이 섬을 발견했는데, 마침 그날이 부활절이라 자기가 발견한 섬에 '이스터(Easter=부활절)'라는 이름을 붙였다고 한다.

름을 받았지. 섬 복판의 화산에서 연기가 치솟을 때면 그게 마치 하늘에서 뻗어나온 탯줄처럼 보였다는 거야. 자연을 숭배하던 옛사람들에게 그게 얼마나 신비스럽게 보였을지는 너도 충분히 짐작이 갈 게다."

"알 거 같아요."

"난 지금도 가끔 그때 보았던 라파누이의 신비한 모습을 떠올리곤 하지. 늙어서 더 이상 배를 탈 수 없게 되면 그 섬에 가서 여생을 보내는 게 꿈이란다."

다가마 노인은 아련한 표정으로 새벽바다를 향해 눈길을 돌렸다. 어느새 밤이 지나가고 수평선 위로 희미하게 먼동이 터오르고 있었다. 선실로 돌아가는 노빈손의 귀에 노인의 휘파람 소리가 나지막이 들려왔다.

신세계를 개척한 바다의 탐험가들

　　대륙과 대륙 간의 교류가 전혀 없던 시절, 하나의 항로를 새로 개척하는 일은 위험하기 짝이 없는 대모험이었다. 바다가 얼마나 넓은지, 바다 건너에 뭐가 있는지 전혀 알려지지 않은 상태였기 때문이다. 미지의 바다를 향해 목숨을 건 항해에 나섰던 위대한 탐험가들. 15~16세기에 그들이 이루어 낸 '지리상의 발견'은 지도뿐만 아니라 인류의 역사마저도 송두리째 바꿔 놓았다.

저기가 바로 희망봉! – 바톨로뮤 디아스

　　바다 탐험이 본격화되던 15세기에 항로 개척에 가장 적극적으로 나선 나라는 포르투갈이었다. 훗날 포르투갈이 세계를 주름잡는 강대국으로 성장한 것은 이 시기에 개척한 뱃길 덕분이었으며, 그 기나긴 탐험의 첫걸음을 뗀 사람은 바톨로뮤 디아스라는 뱃사람이었다.

　　1487년에 국왕의 명령을 받고 세 척의 배를 인솔하여 인도 항로 개척에 나선 그는 아프리카를 한 바퀴 빙 돌아 대륙의 최남단에 상륙했다. 그리하여 아프리카 남쪽이 바다라는 것과 그 바다가 동쪽으로 이어져 있음을 최초로 발견했다.

　　그는 동쪽 어딘가에 있을 인도를 향해 계속 항해하려 했지만 지칠 대로 지친 부하들의 반대에 부딪혀 할 수 없이 뱃머리를 돌렸다. 귀국 때까지 걸린 총 항해기간은 약 16개월. 당시 그들이 지나왔던 아프리카 최남단의 삐죽한 곳을 일컬어 '희망봉'이라고 부른다. 재미있는 건 항해를 마친 디아스가 국왕을 만났을 때 그 자리에 콜럼버스도 있었다는 사실. 인도 항로를 찾겠다며 국왕에게 후원금을 얻으러 왔던 그는 디아스가 인도로 가는 뱃길을 발견하는 바람에 머쓱해져서 그냥 돌아가 버리고 말았다.

인도 항로의 개척자 – 바스코 다 가마

디아스가 눈으로만 확인하고 그냥 돌아온 인도 항로를 기어이 개척한 사람은 바스코 다 가마였다. 1497년 7월 8일에 4척의 배와 168명의 선원을 이끌고 항해에 나선 그는 11월 28일 희망봉을 통과했으며, 이듬해 3월엔 아프리카 동부의 모잠비크에 닿았다. 그리고 출발 10개월 만인 5월 22일에 마침내 인도의 캘리컷에 닻을 내렸다. 다음 해 9월 그가 포르투갈로 돌아왔을 때 부하들의 숫자는 불과 55명으로 줄어 있었다.

그는 3년 뒤에 20척의 함대를 이끌고 다시 인도로 가서 아랍·인도 연합군을 격파했다. 인도양을 지배하게 된 포르투갈은 값싼 인도산 후추 덕분에 순식간에 떼돈을 벌어 유럽 최고의 강대국으로 올라서게 된다(예나 지금이나 유럽인들은 후추라면 자다가도 벌떡 일어날 정도로 좋아한다).

세상은 급속도로 바뀌기 시작했다. 3만 8천 Km의 뱃길을 새로 닦은 바스코 다 가마는 비좁은 지중해에 갇혀 있던 우럽인들을 드넓은 '바다의 시대'로 이끈 일등 공신이었다.

신세계에 첫발을 딛다 – 콜럼버스

포르투갈에서 허탕을 치고 돌아온 콜럼버스는 결국 스페인의 이사벨라 여왕을 졸라 후원금을 받아냈다. 그리하여 1492년 8월에 산타마리아호를 중심으로 한 3척의 배와 90명의 선원들을 이끌고 인도를 찾아 출발한다.

당시 인도는 유럽의 동쪽에 있는 걸로 알려져 있었다. 하지만 그는 대서양을 가로질러 서쪽으로 나아갔는데, 그건 "지구는 둥그니까 서쪽으로 계속 가면 언젠가는 인도가 나올 것"이라는 믿음 때문이었다. 남쪽이나 동쪽과 달리 대서양 서쪽은 당시로서는 아무도 가본 적이 없는 완벽한 미지의 세계였다.

36일간 4천 Km를 항해한 끝에 콜럼버스는 마침내 육지에 닿았다. 아메리카 대륙 동쪽의 작은 섬이었지만 콜럼버스는 제가 도착한 곳이 인도임을 꿈에도 의심하지 않았다. 중앙아메리카 동쪽 섬들을 '서인도 제도'라 부르고 아메리카 원주민들을 '인디언(스페인어로는 인디오)'이라 부르는 건 모두 콜럼버스의 황당한 착각 때문이다.

세계 최초의 지구 한 바퀴 – 마젤란

콜럼버스의 발견 이후 아메리카 대륙에서 식민지 쟁탈전을 벌이던 스페인과 포르투갈은 1494년에 "동경 134도~서경 46도 사이는 스페인이, 나머지는 포르투갈이 지배한다"는 협정을 맺었다. 포르투갈은 아프리카·아시아와 대서양·인도양을, 스페인은 남·북아메리카와 태평양을 각각 차지하게 된 것이다.

포르투갈은 인도양을 맘껏 누비며 떼돈을 벌었다. 하지만 태평양은 아직까지 미지의 바다였기 때문에 스페인은 인도에 접근할 방법이 전혀 없었다. 인도의 후추가 탐이 나 배앓이를 하던 스페인 국왕 앞에 마젤란이 나타났고, "남아메리카를 빙 돌아 서쪽으로 계속 가면 틀림없이 인도가 나올 것"이라고 주장했다. 솔깃해진 국왕은 마젤란에게 총독 자리와 엄청난 보상금을 약속하며 새로운 인도 항로 개척을 부탁하게 된다.

1519년 9월. 265명의 선원들을 태운 5척의 배가 스페인을 떠났다. 6개월 만에 남아메리카 남단의 작은 만(灣, 움푹 들어간 해안)에 닿은 마젤란은 36일간 수백 번의 실패를 거듭한 끝에 마침내 대서양에서 태평양으로 이어지는 해협을 통과하는 데 성공했다. 총 길이 560Km로 지구상의 수많은 해협 중 가장 길고 복잡하고 구불구불한 그 해협을 '마젤란 해협'이라고 부른다.

아메리카 대륙 서쪽에 지구에서 가장 큰 바다가 있음을 확인한 그는 2만 Km의 순조로운 항해가 끝난 뒤 거기에 '평화의 바다

(Pacific Ocean : 태평양)'라는 이름을 붙였다. 그러나 그의 항해는 평화롭지 않았다. 필리핀의 세부 섬에서 원주민들의 분쟁에 휘말려 그만 목숨을 잃고 말았던 것이다(마젤란은 예전에 포르투갈에서 인도 양을 거쳐 필리핀 남쪽의 몰루카 제도까지 항해한 일이 있었다. 그가 지구를 한 바퀴 돌았다는 것은 두 번의 항해를 합쳐서 하는 말이다).

그의 부하들은 인도양을 지나고 아프리카의 희망봉을 돌아 3년 만인 1522년 9월에 스페인으로 돌아왔다. 에누리 없는 지구 한 바퀴. 장장 8만 1천 Km에 이르는 기나긴 항해였다. 265명 중 살아남은 인원은 겨우 18명. 비록 세상의 모든 찬사는 마젤란에게 쏟아졌지만, 긴 항해에 살아남은 그들이야말로 지구가 둥글다는 걸 몸소 증명한 진정한 영웅들이었다.

미술시간이 되면 다들 바다를 파랗게 칠하지만 실제 색깔은 매일 조금씩 변한다. 날씨가 맑으면 바다가 태양광선 중 파란색 광선을 주로 반사하기 때문에 에메랄드빛이나 비취빛, 옥빛 등 푸른 계열의 색을 띤다. 하지만 날씨가 우중충하면 반사광의 색깔이 달라지기 때문에 파랗던 바다도 녹색이나 회색으로 변하게 된다(앞으로는 그림을 그릴 때 그날그날의 날씨에 따라 다른 색으로 칠할 것. 그러면 미술선생님의 과학 실력을 확인해 볼 수 있다).

바다의 악마 허리케인

노빈손은 갑판 맨 앞쪽의 전망대 위에 서 있었다. 눈앞에는 에메랄드빛 바다가 끝도 없이 펼쳐져 있었고, 몇 으라기 안 되는 머리카락이 바닷바람에 제멋대로 휘날렸다. 황홀한 표정으로 사방을 둘러보던 노빈손이 목소리를 잔뜩 깔며 말했다.

"말숙아, 너도 올라와 봐."

"싫어, 무서워."

"무섭긴 뭐가 무서워? 내가 있는데. 올라와서 눈을 감고 두 팔을 새처럼 벌려 봐. 타이타닉 보면서 니가 그랬잖아. 너도 한번 그렇게 해보고 싶다고."

"알았어, 대신 꽉 잡아 줘야 돼."

말숙이는 겁먹은 표정으로 전망대 위로 올라왔다. 그리고는 영화에서 본 것과 똑같이 두 팔을 벌리고 지긋이 눈을 감았다. 노빈손 역시 영화배우처럼 잔뜩 분위기를 잡으며 두 손으로 말숙이의 허리춤을 더듬기 시작했다.

"뭐해? 빨리 안 잡아 주고."

"이상하다. 왜 없지?"

"뭐가?"

"허리가 없어, 허리가. 대체 넌 허리가 어디니? 위나 아래나 똑같잖아."

"이익—."

퍽! 노빈손의 눈앞에 북두칠성이 아른거렸다. 말숙이의 번개 같은 강펀치가 코끝에 작렬했던 것이다. 노빈손은 그만 중심을 잃고 홰치는 닭처럼 팔을 버둥거리기 시작했다. 으아아— 떨어진다, 떨어진다…….

콰당—.

"으읍! 어푸어푸."

노빈손은 꼬르륵거리다 말고 문득 이상한 느낌이 들어 눈을 번쩍 떴다. 그리고 그제서야 자기가 꿈을 꾸다가 침대에서 굴러떨어졌음을 깨달았다. 3등칸의 비좁은 침대에서 너무 심하게 몸부림을 친 모양이었다.

"끄응, 바다가 아니라 바닥이었군. 하여튼 말숙이 고 기집애는 꿈이건 생시건 도무지 도움이 안 된다니까."

투덜거리며 일어나 앉던 노빈손의 눈이 갑자기 휘둥그레졌다. 이제 보니 다른 승객들도 죄다 침대를 놔두고 바닥에 드러누워 뒹굴고 있었던 것이다. 어럽쇼? 이게 웬 조화야? 설마하니 이 많은 사람들이 전부 같은 꿈을 꿨을 리도 없고……. 고개를 갸우뚱거리는 노빈손의 귀에 갑자기 탱크 소리 같은 굉음이 잇달아 들려 왔다.

쿠르르르—.

우르르르릉——.

바다의 색깔은 플랑크톤의 양에 따라 변하기도 한다. 녹색을 띠는 식물성 플랑크톤이 대량으로 번식하면 바다가 녹색으로 변하는 '녹조 현상'이 일어나고, 적갈색 플랑크톤이 지나치게 많아지면 바다가 붉게 보이는 '적조 현상'이 일어난다. 지중해와 인도양 사이의 '홍해(Red Sea)'가 이름 그대로 빨간색을 띠는 것도 그런 이유 때문.

적조 현상이 일어나면 물속 산소량이 부족해져 어류들이 떼죽음을 당하게 된다. 어민들을 울리는 이 골치 아픈 녀석들을 2000년에 한국 과학자들이 '차아염소산나트륨'이라는 물질을 이용해 멋지게 소탕했다. 바닷물을 전기분해할 때 발생한 산소(O)는 물속의 염소 이온(Cl)과 결합하고, 그게 다시 나트륨 이온(Na⁺)과 결합하면서 차아염소산나트륨(NaOCl)이 된다. 알칼리성인 차아염소산나트륨은 산화력이 매우 커 적조를 단숨에 파괴하지만 한동안 햇빛을 받으면 다시 이온 상태로 되돌아가기 때문에 바닷물 성분엔 전혀 영향을 주지 않는다.

다음 순간, 배가 심하게 흔들리더니 한쪽으로 기울어지기 시작했다. 승객들이 우르르 넘어져 나뒹굴었고, 선반 위에 얹혀 있던 짐들이 한꺼번에 떨어져 굴러다녔다. 정신을 차릴 틈도 없이 이번엔 배가 반대쪽으로 기울었고, 승객들 역시 머리를 싸맨 채 반대 방향으로 나동그라졌다. 천장에 매달린 전등이 고장난 시계추처럼 멋대로 흔들리다가 이내 펑 하고 깨져 버렸다.

"꺄아악─."

"사람 살려!"

"다알링! 어디 있어요?"

"악! 누가 내 콧구멍을 찔렀어."

노빈손은 힘겹게 중심을 잡아 가며 선실 밖으로 엉금엉금 기어나왔다. 대체 무슨 일이 일어나고 있는 건지 알고나 당하자는 심정이었던 것이다. 하지만 바깥의 상황 역시 나을 건 전혀 없었다. 간신히 갑판으로 나온 노빈손의 입에서 절망스러운 신음이 터져 나왔다.

"으으으─."

노빈손의 눈에 맨 먼저 들어온 건 앞이 안 보일 정도로 거센 빗줄기였다. 뒤이어 웬만한 빌딩보다도 더 거대해 보이는 어마어마한 파도가 그의 시야에 들어왔다. 노빈손은 아까부터 귓전을 때리던 저 무시무시한 소리가 다름 아닌 파도와 바람소리였음을 그제서야 깨달을 수 있었다.

38

“헤이, 가르송! 위험해! 당장 안으로 들어가.”

가볼레옹의 다급한 목소리가 들렸다. 그 역시 눈앞의 풍경에 넋이 나간 듯 하얗게 질린 표정이었다.

“대체 어떻게 된 일이죠? 왜 갑자기 날씨가 이렇게 된 거예요?”

“허리케인이야!”

“네에?”

“대서양의 악마라는 허리케인이 예고도 없이 불어닥쳤다구. 빌어먹을! 이대로 가다간 배가 침몰하겠어.”

“윽! 안 돼요. 난 집에 가야 된단 말이에요. 으아아—.”

노빈손은 울음을 터뜨리며 갑판에 털썩 주저앉았다. 이건 말도 안 돼. 비행기가 무서워서 배를 탔더니 이젠 배마저 침몰한단 말이냐…….

눈물 콧물로 범벅이 된 채 울부짖던 노빈손은 문득 다가마 노인을 떠올렸다. 그래! 그 할아버지는 날 구해 줄 수 있을 거야. 평생 풍랑과 맞서 싸워 온 노련한 항해사가 설마 이까짓 허리케인에 무릎을 꿇을라구? 노빈손은 벌떡 일어나 필사적으로 항해실을 향해 달려가기 시작했다.

'집채만 한 파도'라는 말은 흔히 듣지만 '빌딩만 한 파도'라는 말은 잘 쓰지 않는다. 그렇게 큰 파도가 정말로 일어날 수 있을까? 물론 일어날 수 있다. 1933년에 미국의 '라마포'호에 탔던 승객들은 높이가 자그마치 34m에 이르는 거대한 파도 앞에서 공포에 떨어야 했다. 34m면 거의 10층 빌딩에 해당하는 높이. 이런 대형 파도의 파괴력은 실로 무시무시하다. 1968년에 아프리카 해안에서는 빌딩만 한 유조선이 더 큰 빌딩만 한 파도에 의해 무처럼 두 동강이 난 적도 있다.

허리케인! 태풍! 녀석들의 정체는?

　　노빈손을 위기에 빠뜨린 허리케인은 여름마다 우리나라에 찾아오는 태풍과 사촌지간이다. 지구촌 곳곳을 쑥대밭으로 단드는 그 몹쓸 비바람들은 대체 왜 생겨나고 어떻게 이동하며 어디로 사라지는 걸까? 태풍을 모델로 삼아서 녀석들의 정체를 낱낱이 파헤쳐 보자.

태풍은 지구의 몸부림

　　여름이 되면 열대지방(저위도 지역)엔 엄청난 열에너지가 축적된다. 지구는 한 곳에 모인 이 에너지를 주체하지 못해 신속히 고위도 지역으로 분산시키는데, 그 과정에서 강력한 폭풍우가 발생하게 된다. 즉, 그건 열에너지의 평형상태로 되돌아가려는 지구의 자연스런 몸부림이다.

　　똑같은 몸부림이라도 지역에 따라 이름은 각기 달라진다. 북태평양 남서쪽에서 발생하면 태풍(Typhoon), 인도양과 오스트레일리아 부근 남태평양에서 발생하면 사이클론(Cyclone), 그리고 동태평양과 대서양에서 발생하면 허리케인(Hurricane)이라 부른다. 녀석들의 족보에 속하려면 열대성 저기압의 풍속이 초속 33m가 넘어야 한다.

태풍을 만드는 3가지 조건

　　태풍이 발생하는 지역(북위 8~15도)은 북반구의 북동 무역풍과 남반구의 남동 무역풍이 1년 내내 만나는 곳. 엇갈리며 합쳐진 두 개의 바람은 소용돌이를 일으키며 위로 솟구쳐 저기압을 형성한다. 이 저기압은 적절한 조건만 갖춰지면 즉시 태풍으로 돌변하는

데, 그 조건이란 다름 아닌 충분한 열에너지와 수분이다.

열에너지와 수분은 태양에너지에 의해 확보된다. 적도에 내리쬐는 태양이 바닷물을 증발시켜 수증기를 만들고, 그 수증기가 물방울로 변할 때 열(잠열)이 발생하는 것이다. 바다 표면의 온도가 27℃를 넘으면 태풍의 기본조건이 갖추어진다.

태풍이 나선형으로 도는 이유

인공위성 사진을 보면 태풍이 시계 반대 방향으로 회전하는 나선형임을 알 수 있다. 그 같은 회전력은 지구의 자전으로 인한 전향력(코리올리 효과) 때문에 생긴다.

가령 하늘에 로켓을 발사한다고 생각해 보자. 로켓은 수직으로 움직이지만 지구가 시계 반대 방향으로 자전하기 때문에 땅에서 볼 때는 로켓이 오른쪽으로 휘어 가는 것처럼 보인다. 이처럼 자전으로 인해 물체에 작용하는 가상의 힘이 바로 전향력이다. 이로 인해 모든 운동하는 물체는 북반구에선 오른쪽으로, 남반구에선 왼쪽으로 치우치는 것처럼 보이게 된다.

태풍도 마찬가지. 녀석은 저기압이기 때문에 이론적으로는 바람이 중심부를 향해 일직선으로 불어야 한다. 하지만 전향력 때문에 부는 방향이 계속 오른쪽으로 휘게 되고, 결국 반시계 방향의 나선 모양이 형성된다(물론 남반구에선 회전 방향이 반대가 된다).

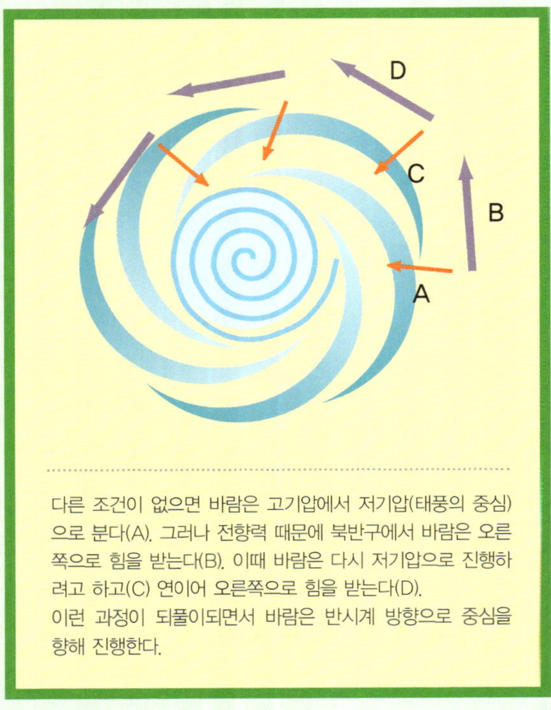

다른 조건이 없으면 바람은 고기압에서 저기압(태풍의 중심)으로 분다(A). 그러나 전향력 때문에 북반구에서 바람은 오른쪽으로 힘을 받는다(B). 이때 바람은 다시 저기압으로 진행하려고 하고(C) 연이어 오른쪽으로 힘을 받는다(D).
이런 과정이 되풀이되면서 바람은 반시계 방향으로 중심을 향해 진행한다.

변화무쌍한 태풍의 일생

태풍의 수명은 1주일에서 1개월 정도다. 녀석은 북동 무역풍(북위 0~30도)과 편서풍(북위 30~60도)을 타고 움직이기 때문에 처음에는 서쪽으로 치우쳤다가 차츰 북동쪽으로 방향을 바꾸며 올라온다.

발생 초기에 녀석의 성장 속도는 무시무시하다. 기압이 낮은 중심부로 열대의 뜨거운 공기가 흘러들면서 강한 상승 기류가 생기기 때문이다. 이 수증기가 위쪽의 차가운 공기와 만나면 거대한 구름이 생겨나 큰 비가 쏟아진다. 이때 많은 열(잠열)이 주변으로 방출돼 상승 기류는 더욱 강해지고 비도 더 많이 쏟아진다. 이런 상황이 되풀이되면서 녀석의 힘과 덩치는 빠른 속도로 성장을 거듭한다.

하지만 북쪽(중위도 지역)의 육지에 도착하면 상황이 달라진다. 열에너지와 습기가 더 이상 충분히 공급되지 않을 뿐 아니라, 땅과의 마찰로 인해 갈수록 힘이 떨어지기 때문. 해안에서 내륙으로 2백40km쯤 들어오면 녀석의 세력은 거의 절반으로 줄어들게 된다.

태풍에게도 착한 구석이?

태풍의 지름은 최소 2백 Km에서 최대 1천5백 km. 녀석이 지닌 에너지는 2차대전 때 일본 히로시마에 떨어졌던 원자폭탄의 10만 배가 넘는다. 그러나 대부분의 에너지는 태풍 자체의 바람 순환을 유지하는 데 사용되며, 우리에게 피해를 주는 에너지는 전체의 10% 정도다.

태풍이 안 생기면 세상이 좀 더 행복해질 것 같지만 꼭 그렇지만은 않다. 녀석은 지구의 에너지를 골고루 분산시키는 중요한 역할을 하기 때문이다. 태풍이 없어지면 지구의 균형이 깨져 훨씬 심각한 재앙이 닥치게 된다는 뜻이다. 제일 좋은 건 태풍이 육지에 상륙하기 전에 완전히 제거하는 것이지만 아직까지 인간에겐 그런 능력이 없다.

보너스 상식 하나. 태풍에 사람 이름을 붙이기 시작한 건 1945년부터다. 여자처럼 부드러워지라는 뜻에서 처음엔 여자 이름만 붙였지만 온 세계 여성들이 벌 떼같이 항의하는 바람에 1978년부터 남녀의 이름을 번갈아 붙이기로 했다. 요즘엔 서양 이름뿐 아니라 발생 지역 나라의 언어로 된 이름도 붙인다.

공포의 버뮤다 삼각해역

"뭐라구? 그게 무슨 말이야? 위치를 알 수 없다니."

"정말이라니까요. 보세요, 기계가 전부 멎어 버렸잖아요."

"그럴 수가……."

다가마 노인은 믿을 수 없다는 표정으로 항해실의 계기판을 들여다보았다. 조금 전까지만 해도 또렷하게 배의 위치와 속도, 풍속과 풍향 등을 표시해 주던 계기판들이 약속이나 한 듯 죄다 정지해 있었다. 겁먹은 표정으로 울상을 짓고 있는 선원들에게 다가마 노인이 급히 지시를 내렸다.

"나침반을 봐. 방향이라도 알아야지."

"그게… 나침반도 정상이 아니라서……."

"뭐가 어째?"

믿을 수 없는 일이었다. 지구의 자기장에 의해 세상의 그 어떤 기계보다도 정확하게 방향을 표시해 주는 나침반. 바로 그 나침반이 갑자기 술이라도 취한 것처럼 제멋대로 움직이고 있었던 것이다. 왼쪽으로 두 바퀴, 다시 오른쪽으로 한 바퀴……. 아무리 눈을 부릅뜨고 쳐다봐도 나침반의 바늘은 도무지 설 생각을 하지 않았다.

"음… 대체 이게 어찌된 일일까."

잠시 눈을 감고 고민에 잠겼던 다가마 노인은 무슨 생각이 들었는지 갑자기 두 눈을 부릅뜨며 고개를 치켜들었다. 그러고는 다급한 목소리로 부하 선원에게 물었다.

"아까 마지막으로 확인한 위치가 어디였지?"

"북위 15도에 서경 65도. 푸에르토리코 동남쪽 해상이었습니다."

"허리케인의 풍향은?"

"정확하진 않지만, 남풍인 것 같습니다."

"남풍… 남풍이라……."

다가마 노인은 탁자 위에 펼쳐져 있는 지도를 손으로 짚어 가며 배의 진행 방향을 확인하기 시작했다. 사람들의 눈길이 일제히 그의 손가락 끝으로 모아졌고, 노빈손은 초조한 마음으로 노인의 입에서 나올 말을 기다렸다.

괜찮겠지, 괜찮을 거야. 이제 곧 할아버지가 이렇게 말할 거야. 걱정할 필요 없다고. 이대로 가면 곧 작은 섬이 나올 거라고. 거기까지만 가면 안심이라고 말할 거야……. 하지만 노빈손의 희망과는 반대로 다가마 노인의 안색은 몹시 어둡고 침울했다. 지도를 짚는 그의 손이 눈에 띌 정도로 떨리고 있었다. 다음 순간,

"맙소사!"

노인의 입에서 나지막한 신음이 흘러 나왔다. 잔뜩 일그러진 그의 얼굴은 잠깐 사이에 10년은 더 늙은 것 같았다.

위도와 경도를 파악하는 방법

옛날 뱃사람들은 항해 도중 배의 위치를 어떻게 파악했을까? 16세기엔 '아스트롤라베'라는 기구로 정오에 태양의 고도를 잼으로써 대략적인 위도를 파악했다. 또 밤엔 '직각기'라는 기구로 북극성의 고도를 파악하여 위도를 알아냈다. 1760년엔 영국 런던과 다른 지역의 정오 시각을 비교하는 '크로노미터'라는 정밀한 시계가 발명되어, 그 차이를 비교함으로써 경도를 파악할 수 있었다. 지금은 인공위성의 신호를 받는 항해용 컴퓨터 덕분에 어디에서든 오차 범위 30m 이내의 정확한 위치 파악이 가능하다.

45

눈을 질끈 감고 고개를 떨군 뒤에, 노인은 푹 가라앉은 목소리로 천천히 말했다.

"우리는 지금… 버뮤다 해역으로 가고 있다."

오! 하느님 맙소사. 노빈손은 제 귀를 의심했다. 버뮤다라니. 말로만 듣던 버뮤다 삼각지대로, 그 공포의 바다로 가고 있단 말야? 설마 그럴 리가……. 하늘이 노래지는 듯한 아찔함을 간신히 견디며, 노빈손은 고래고래 고함을 질러대기 시작했다.

"말도 안 돼. 거짓말이죠? 지금 우릴 놀래 주려고 일부러 그러는 거죠?"

"빈손 군."

다가마 노인은 우울한 눈빛으로 노빈손을 보며 고개를 가로저었다.

"거짓말이 아니란다. 지금 이 배는 그리로 가고 있어. 아니, 정확히 말하면 이미 그 영향권 안으로 들어섰지. 저 망가진 계기판과 나침반이 그 증거야."

"그럼 SOS를 쳐요! 우릴 구해 달라고 신호를 보내란 말이에요. 대체 왜 다들 가만히 있는 거죠? 어떻게든 벗어나야 할 거 아니에요."

"이봐, 젊은 친구."

조용히 고개를 숙이고 있던 선원 하나가 나무라듯 노빈손을 불렀다.

“소용없어. 이미 통신이 두절된 지 오래라구. 계기판이 다 망가졌는데 무전인들 제대로 되겠어?”

“…….”

말문이 막힌 노빈손은 간절한 표정으로 다가마 노인을 응시했다. 노인은 쓸쓸한 표정으로 노빈손을 바라보며 희미하게 웃음을 지어 보였다. 그리고는 비장한 표정으로 선원들에게 지시를 내리기 시작했다.

“우린 모두 바다의 사나이들이다. 바다의 사나이들은 바다에서 태어나 바다에서 죽는다. 이의 있나?”

“없습니다!!”

“허리케인이든 버뮤다든 끝까지 한번 싸워 보는 거다. 우리가 이기는지 놈들이 이기는지. 할 수 있나?”

“할 수 있습니다아!!”

“좋아! 그럼 전원 위치로!”

“위치로!!”

선원들은 분주히 사방으로 흩어졌다. 다가마 노인 역시 이젠 쓸모없어진 기계들을 뒤로하고 어디론가 뛰어나가 버렸다. 빈 항해실에 홀로 남은 노빈손은 기도하는 심정으로 두 손을 모으고 바닥에 꿇어앉았다. 허리케인의 기세가 차츰 더 맹렬해지고 있었다.

북대서양의 '퍼펙트 스톰'
노빈손이 항해하고 있는 버뮤다 부근의 북대서양은 허리케인이 수시로 발생하는 무서운 해역. 2000년에 세계적으로 히트한 영화 〈퍼펙트 스톰〉의 무대가 된 곳도 바로 여기다. 초특급 허리케인이 서로 다른 두 개의 기단과 만나 3중 충돌을 일으키면서 발생한 '퍼펙트 스톰(perfect storm)'은 '완벽한 폭풍'이라는 뜻이다. 30~40m 높이의 파도와 시속 200Km의 강풍이 등장하는 이 영화는 1991년 10월에 미국 동남부 해안에서 발생한 실제 폭풍을 모델로 해서 만들어졌다.

악마의 바다! 버뮤다 삼각해역

버뮤다 삼각해역은 미국 플로리다 반도의 마이애미와 북대서양의 버뮤다 제도, 그리고 푸에르토리코 사이에 있는 삼각형의 바다를 말한다. 이곳을 '마의 삼각해역'이라고 부르는 건 지난 150년 간 이 지역에서 수많은 실종사고가 잇따라 일어났기 때문. 작은 배는 말할 것도 없고 1만 t이 넘는 대형 화물선과 군함, 프로펠러 비행기, 심지어는 대형 제트여객기조차 이곳을 통과하다 말고 흔적도 없이 사라져 버렸다.

사라진 배와 승무원들

기록상 가장 오래된 것은 1840년의 로젤리 호 사건. 버뮤다 해역을 통과하여 쿠바로 향하던 중 실종되었다가 다시 발견된 이 배엔 단 한 사람의 선원도 남아 있지 않았다. 새장 속에 갇힌 채 굶어죽어 가던 카나리아 한 마리만이 발견되었을 뿐이다.

1880년에는 300명의 수병들을 태운 아틀란타 호가 버뮤다 부근에서 어디론가 사라졌다. 또 1918년에는 대형 화물선 사이클롭스 호가 309명의 승무원과 함께 흔적도 없이 사라졌다. 1931년엔 노르웨이의 스타벤저 호와 43명의 승무원이, 1950년엔 미국의 글로브마스터 호가, 1953년엔 영국의 요크 호가, 그리고 1954년엔 미 해군 소속 선박 두 척이 쥐도 새도 모르게 없어져 버렸다. 심지어 1963년과 68년엔 미국의 핵잠수함 2대가 느닷없이 사라지기도 했다. 1945년 이후 사라진 배의 숫자만 해도 100여 척이 넘는다.

배는 멀쩡한데 사람만 사라진 경우도 많다. 1921년에 표류 도중 발견된 디어링 호의 경우 스토브 위에서는 빵이 구워지고 있었지만 승무원은 한 명도 없었다고 한다. 1944년엔 루비론이라는 배가 개 한 마리만 태운 채 해안에서 발견되었고, 1946년엔 시티벨레라는 배가 역시 텅 빈 상태로 떠다니다가 발견되었다. 그렇게 사라진 선원들 중 나중에라도 다시 나타난 사람은 지금껏 아무도 없었다.

구조하러 갔던 비행기마저…….

1945년 12월 5일. 플로리다에서 이륙한 미 해군 폭격기 5대가 승무원 27명과 함께 공중에서 사라져 버렸다. 신고를 접수한 해군 당국이 즉시 구조기를 보냈지만 놀랍게도 그 비행기마저 불과 몇 분 만에 감쪽같이 사라졌다고 한다. 20척의 함선과 100여 대의 비행기가 대대적인 수색작전을 폈지만 기체는커녕 작은 쇳조각 하나도 찾아낼 수 없었다.

1948년 1월엔 버뮤다에 착륙하려던 미국 비행기가 소리도 없이 사라졌고, 12월엔 여행객들을 잔뜩 태운 채 푸에르토리코에서 미국으로 향하던 항공기가 마이애미 관제탑과 교신을 하다 말고 공중에서 실종되었다. 1950년엔 미 공군의 KB-50 항공기가 9명의 군인들과 더불어 실종되었고, 1965년엔 C-119 항공기가 역시 공중에서 사라졌다. 1945년 이후 이곳에서 사라진 비행기는 자그마치 40여 대에 이른다.

나침반도 무전기도 무용지물

"여기는 관제탑. 무슨 일이냐?"

"우리의 위치를 잃어버렸다. 육지도 태양도 보이지 않는다!"

"무슨 소린가? 서쪽으로 계속 방향을 잡아라."

"서쪽? 서쪽이 어딘지 모르겠다. 바다의 모양도 다른 곳과 다르다… 아니? 이 계기들이 왜 제멋대로……."(무전 끊김)

이것은 1945년에 실종된 폭격기들이 실종 직전에 관제탑과 나눈 교신 내용이다. 방향과 위치와 속도를 알리는 계기들이 고장나고 무전마저 갑자기 끊어졌음을 알 수 있다. 배 역시 마찬가지여서, 잠깐이라도 교신을 했던 사고 선박의 선원들은 한결같이 나침반이 멋대로 움직이고 각종 장비들이 마비되었음을 알려 왔다고 한다.

더 오싹한 건 사고가 나던 순간의 날씨가 대부분 맑고 화창했었다는 점. 그리고 텅 빈 채 발견된 선박들이 전혀 파손되지 않은 채 하나같이 멀쩡했다는 점이다.

원인도 불확실하고 실종자도 발견되지 않으며 배나 비행기의 잔해조차 발견되지 않는 블랙홀 같은 곳. 버뮤다 삼각해역에는 과연 어떤 비밀이 숨어 있을까? UFO? 4차원 세계의 입구? 아니면… 거대한 비밀조직의 음모? 그건 며느리도 모른다. '게놈 지도'가 완성된 21세기에도 버뮤다의 진실은 여전히 미스터리다.

폭풍우 속의 유언

콰르르르—.

거대한 파도가 끊임없이 밀려왔다. 거의 수직으로 세워진 채 가랑잎처럼 파도에 얹혔던 배는 잠시 후 마치 추락하는 비행기처럼 아래로 고꾸라졌다. 이런 상황에서 할 수 있는 일이라고는 바다로 떨어지지 않기 위해 기둥이나 난간을 힘껏 부여잡고 버티는 것밖에 없었다.

"흑흑— 말숙아, 나 좀 살려줘."

항해실 기둥을 껴안은 채 꺼이꺼이 울고 있던 노빈손에게 가볼레옹이 힘겹게 다가왔다. 어디에 부딪혔는지 머리에서 피가 흘러내리고 있었다. 창백한 표정으로 가쁜 숨을 몰아쉬던 그가 모기소리처럼 작은 목소리로 말했다.

"가르송, 괜찮아?"

"아저씨, 정신 차리세요."

"이사람아, 정신 차리면 뭐하나. 어차피 게임 끝인데. 이대로 허리케인에 밀려가다 보면 지옥 같은 버뮤다 해역으로 들어갈 테고, 그렇다고 허리케인에 맞서 배의 진로를 바꾸려다간 아예 배가 뒤집히고 말 거야."

"희망을 버리지 마세요. 하늘이 무너져도 솟아날 구멍이 있다잖아요."

파도 이야기 1 : 파도가 파도를 만났을 때

폭풍을 만난 배에게 가장 치명적인 것은 두 개의 파도가 하나로 합쳐지는 경우다. 정면에서 밀려오는 파도 A와 측면에서 비스듬히 밀려오는 파도 B가 한곳에서 만날 경우 파도의 높이는 A+B가 되며, 피라미드 모양의 초대형 파도로 변해 까마득히 치솟게 된다. 1980년 12월에는 길이가 220m나 되는 일본의 3만 4천 t급 대형 화물선 '오노 미치마루' 호가 이런 피라미드 파도를 만나 뱃머리가 싹둑 잘려 나가는 참변을 당하기도 했다.

2차대전 때 연합군을 승리로 이끈 노르망디 상륙작전(1944)은 파도 연구 덕분에 가능했다. 연합군 측 과학자들은 안전한 상륙을 위해 '파도 높이 알아내는 법'을 연구했는데, 엄청난 자료분석 결과 아주 복잡한 공식이 나왔다. 원래 작전 예정일은 6월 5일이었지만 계산 결과 그날은 파도가 높았다가 다음 날이 되면 잠잠해진다는 예측으로 6월 6일로 변경한다. 결과는 100% 적중. 당시 사령관 아이젠하워는 "승리는 전적으로 과학자들 덕분"이라고 말했다. 요즘은 슈퍼컴 덕분에 정확한 파도 높이 예측이 가능하다.

"하늘이 무너지면 그럴지도 모르지. 하지만 바다가 치솟으면 구멍 따윈 없다구."

힘없이 고개를 젓던 그가 문득 눈을 크게 뜨고 노빈손의 얼굴을 물끄러미 쳐다봤다.

"자네, 내 부탁 하나 들어줄 텐가?"

"뭔데요?"

"난 어차피 부상이 심해서 더 이상 버티기 힘들어. 하지만 자넨 혹시 구사일생으로 살아날지도 모르지. 만일 그렇게 된다면……."

"……."

"내 대신 아틀란티스를 찾아 줘."

맙소사! 이 지경이 되어서까지도 아틀란티스 타령이라니……. 노빈손은 어이가 없었다. 하지만 가볼레옹은 마치 지푸라기라도 잡는 듯한 절실한 표정이었고, 결국 노빈손도 억지로 고개를 끄덕일 수밖에 없었다.

"좋아. 그럼 일단 이걸 받아 둬."

"이게 뭔데요?"

"열쇠. 아틀란티스의 비밀을 푸는 열쇠야."

가볼레옹이 내민 것은 작은 가죽 주머니였다. 노빈손이 멍한 표정으로 주머니를 끄르는 순간, 눈이 멀 정도로 휘황찬란한 오색의 빛이 주머니 밖으로 뿜어져 나왔다. 깜짝 놀란 노빈손이 손으로 눈을 가리자 가볼레옹이 피식 웃으며 주머니 속의 물건을 대신 끄집어냈다. 어른 손바닥 크기의 신비스러운 돌멩이였다.

"어때, 신기하지?"

"대체 이게 뭐죠?"

"나도 모르지. 하지만 이게 아틀란티스와 관련이 있다는 건 분명해. 특히 이 얼굴……."

노빈손은 눈을 가렸던 손가락을 벌리고 조심스레 돌멩이를 쳐다보았다. 무지개 빛을 내뿜는 둥근 돌멩이 표면에 누군가의 얼굴이 정교하게 새겨져 있는 게 보였다. 깊은 눈과 오똑한 콧날, 그리고 치렁치렁한 곱슬머리와 긴 수염… 마치 미술학원의 석고상처럼 생긴 인상적인 얼굴이었다.

"이 얼굴의 주인공을 찾아야 돼. 그가 눈을 뜨는 날 아틀란티스는 비로소 오랜 침묵을 깨고 다시 부활하게 될 거야."

"대체 누가 그런 소릴 해요?"

"마야의 예언가들 사이에서 전해지는 얘기야. 난 이걸 마야 문명의 유적지인 티칼의 재규어 신전에서 찾아냈지."

쿨럭―. 말을 마친 가볼레옹이 힘겹게 기침을 내뱉었다. 노빈손은 그가 더 이상 말을 하기 힘들 정도로 위급한 상황임을 그제서야 알아차렸지만 가볼레옹은 좀처럼 입을 닫으려 하지 않았다. 하얗게 질린 그의 얼굴엔 왠지 모를 엄숙함이 서려 있었다. 지금 그는 마지막 한 방울의 힘을 짜내어 유언을 남기고 있는 것이다.

마야족은 몽고족과 사촌지간
기원전 3천 년~기원후 8세기 사이에 과테말라와 멕시코의 밀림지대에서 번성했던 마야 문명은 잉카 및 아즈텍과 더불어 고대 중남미의 3대 문명으로 꼽힌다. 마야족의 조상은 우리처럼 엉덩이에 푸른 몽고반점이 찍혀 있는 몽골 인종. 빙하시대 말기인 기원전 2만~3만 5천 년 전에 베링해를 통해 몽고의 수렵민들이 아시아에서 아메리카로 건너갔으며, 그들의 후손이 남쪽으로 내려와 마야 문명을 일구었다. 3천여 개의 건축물이 발굴된 티칼(Tikal)은 마야의 손꼽히는 유적지이며, '재규어 신전'은 티칼의 제1호 신전으로 높이는 51m.

53

"잘 들어. 비밀을 푸는 또 하나의 열쇠는 기둥 밑에 있어. 내가 탐사를 하려던 곳도 바로 거기였고."

"기둥이라뇨?"

"기둥… 좁은 바다와 큰 바다가 만나는 곳……."

"대체 그게 어딘데요?"

"지… 지브로……."

"집으로? 누구네 집으로요?"

"집이 아니라… 끄으윽―."

힘겹게 말을 이어가던 가볼레옹의 목에서 갑자기 가래 끓는 듯한 소리가 나더니 동공이 눈에 띄게 희미해지기 시작했다. 어느새 죽음의 그림자가 그의 곁으로 바싹 다가와 있었던 것이다.

"아저씨! 정신 차리세요, 아저씨!!"

"거긴 원래… 헤라클레스가……."

그것이 마지막이었다. 뭔가 더 얘기하려던 가볼레옹의 목이 힘없이 옆으로 툭 꺾였다. 노빈손은 그가 기어이 숨을 거두었음을 직감적으로 알아차렸다. 슬픔과 공포가 동시에 온몸을 엄습했다.

"으아아― 이게 뭐야!! 대체 이게 뭐냐구."

노빈손은 실성한 사람처럼 고함을 지르며 마구 울부짖었다. 채 감기지 않은 가볼레옹의 눈에서 눈물 한 방울이 또르르 흘러내렸다.

아틀란티스에 대한 두 가지 주장

플라톤 이후 2천 년간 수많은 사람들의 호기심과 상상력을 자극해 온 아틀란티스. 믿자니 황당하고 안 믿자니 왠지 서운한 이 전설에 대해 대부분의 과학자들은 코웃음을 친다. 과학적 근거가 전혀 없는 황당한 얘기라는 것이다.

제일 큰 문제는 고고학적 허풍. 전설에 의하면 아틀란티스의 존재 시기는 대략 1~2만 년 전인데, 그땐 지구상에 초기 인류가 막 등장했을 때다. 가장 오래된 것으로 알려진 수메르 문명이 기원전 4500년 무렵에 발생했음을 감안할 때, 그보다 1만 년 이상 빠른 시기에 고도의 문명국가가 존재했을 리 없다는 것이다.

또 한 가지. 『대화편』에는 아틀란티스에 전차가 있었다는 대목이 나오는데 그것 역시 코웃음의 대상이다. 인류 최초의 철기문명은 기원전 3천 년경에 서남아시아에서 발생한 것으로 알려져 있기 때문이다.

하지만 일부 학자들과 탐험가들은 아직 미련을 버리지 않고 있다. 약간 과장되었을지는 몰라도 아틀란티스의 존재 자체는 사실이었으리라는 것. 그들의 주장은 크게 두 가지로 나뉘어 있다. '대서양설'과 '지중해 연안설'이 그것이다.

대서양설 : "플라톤 가라사대……."

아틀란티스가 플라톤의 말대로 대서양에 있었을 거라는 믿음은 유럽에선 일반적인 것이었다. 콜럼버스가 대서양 건너편의 신대륙을 발견한 1492년엔 "아틀란티스를 찾았다!"는 소문이 유럽 전역에 파다하게 퍼졌을 정도. 몽테뉴나 볼테르 같은 17~18세기의 위대한 사상가들 역시 아틀란티스의 존재를 의심하지 않았다고 한다.

카나리아 제도, 아조레스 제도, 마데이라 제도 등 북대서양

동부의 섬들이 아틀란티스의 흔적이라는 주장도 흔했다. 침몰 당시 몇몇 높은 산들이 미처 다 가라앉지 않고 남아서 섬이 되었다는 것이다. 실제로 고대 그리스인들은 카나리아 제도를 '축복의 섬'이라 불렀고 로마인들은 '행운의 섬'이라 불렀다.

막연한 추측에 불과했던 대서양설을 체계적 이론으로 바꾼 사람은 19세기 미국의 국회의원이었던 도넬리. 그는 1882년에 쓴 『아틀란티스, 대홍수 이전의 세계』라는 책에서 "대서양 동쪽과 서쪽의 고대문명의 기원은 중간지점에 있던 아틀란티스"라고 주장했다. 유럽 · 북아프리카 · 아메리카 대륙에 공통적으로 존재하는 피라미드, 미라 보존기술, 태양력, 태양 숭배 사상, 대홍수의 전설 등이 그 증거라는 것이다. 지질학 · 지리학 · 고고학 · 언어학 · 생물학 등 여러 방면에 걸친 풍부한 지식과 오랜 탐사를 바탕으로 써내려간 그의 책은 금세 세계적인 베스트셀러가 되었으며, 지금까지도 '아틀란티스학의 바이블(성경)'로 불린다.

1930년대 초에는 헤르비거라는 독일의 천문학자가 매우 흥미로운 이론을 내놓았다. 달이 지구의 인력에 처음 끌려올 무렵 지구엔 거대한 지진과 홍수, 해일 등이 잇따라 발생했는데, 그게 아틀란티스의 침몰 시기와 비슷한 1만 2천 년 전이라는 것. 다른 건 몰라도 그 시기에 거대한 자연재해가 있었다는 것만은 입증이 된 셈이다.

지중해 연안설 : "아틀란티스 = 크레타"

도넬리의 학설은 신선하고 흥미롭긴 했지만 플라톤의 기록에 너무 집착한 나머지 증명되지 않은 가설과 추측을 남발한 경향이 있었다. 이에 반발하여 새롭게 등장한 것이 바로 지중해 연안설이다.

1900년에 영국의 고고학자 에번즈에 의해 처음 발표된 이 주장의 핵심은 아틀란티스가 대서양이 아닌 지중해에 있었으며 그 중심지는 크레타 섬이라는 것. '미노아 문명'의 발생지로 수천 년간 번영을 누리다가 기원전 1500년경에 갑자기 멸망해 버린 크레타 섬의 역사가 아틀란티스와 놀라울 정도로 흡사하다는 것이다.

그의 주장은 1939년에 그리스의 고고학자 마리나토스가 발표한 '테라(＝산토리니) 섬 대폭발론'에 의해 뒷받침되었다. 크레타로부터 160Km 떨어진 테라 섬에서 기원전 1500년경에 거대한 화산 폭발이 일어났고, 그로 인해 인근 지역이 모두 폐허로 변했다는 것이다.

1967년엔 테라 섬에 뒤덮인 수십 m 두께의 화산재 밑에서 고대도시가 발굴되었고, 당시의 폭발 규모가 크레타 섬까지 죄다 파괴할 정도로 강력했다는 연구결과가 발표되었다. 또 "플라톤이 아틀란티스에 관해 말한 19가지 중 대부분이 크레타의 문명과 일치하거나 비슷하다"는 주장도 나왔다. 미국의 시사주간지 「타임」은 이런 내용들을 종합하여 1969년에 〈재발견된 아틀란티스 대륙〉이라는 사설을 싣기도 했다.

멸망 시기가 기록보다 훨씬 늦은 데 대해서는 재미있는 해석이 있다. 아틀란티스가 1만~2만 년 전에 존재했다는 건 누가 봐도 명백한 과장이기 때문에 1/10 정도로 낮춰서 해석해야 한다는 것. 그렇게 에누리를 할 경우 아틀란티스는 기원전 2천 년~1천 년 사이에 존재한 셈이 되므로 테라 섬의 대폭발(기원전 1500년)과 적어도 시기적으로는 일치하게 된다.

여전히 남는 수수께끼

도넬리의 주장은 1950년대에 해저지형 탐사가 본격화되면서 결정적인 타격을 입었다. 대서양에 커다란 대륙이 존재했거나 대규모의 지각변동이 일어났던 흔적이 발견되지 않았기 때문이다.

　　지중해 연안설 역시 미심쩍기는 마찬가지. 대대적인 유물 발굴에도 불구하고 크레타 섬이 아틀란티스였다는 확실한 증거는 아직 발견되지 않은 상태다.

　　1975년에 미국 인디애나 대학에서는 〈아틀란티스, 사실인가 허구인가〉라는 제목의 국제 심포지움이 열렸다. 각 나라의 학자와 탐험가들은 물론이고, 심지어는 심령과학자까지 참석한 이 대규모 회의에서 내려진 최종 결론은 "아틀란티스는 단순한 신화"라는 것이었다.

　　하지만 아틀란티스를 찾는 사람들은 말한다. 오늘 '신화'로 결론이 났다고 해서 내일도 그러리라는 법은 없다고. 오랫동안 신화로만 여겨지던 트로이의 존재가 유적 발굴을 통해 사실로 밝혀졌듯이 아틀란티스도 언젠가는 제 모습을 드러낼지 모른다고. 그들은 지금 이 순간에도 나름의 지식과 상상력을 총동원하여 전설 속의 대륙을 맹렬히 추적하고 있다.

침몰

처음부터 승산 없는 싸움이었다. 허리케인 하나만 해도 벅찬 상대인데 게다가 버뮤다 삼각지대라는 최악의 조건까지 겹쳤으니, 제아무리 노련한 선원들이라 해도 거기에서 벗어날 수는 없는 일이었다. 이를 악물고 폭풍우에 맞서긴 했지만 선원들은 이미 최후의 순간이 다가오고 있음을 예감하고 있는 듯했다.

파도의 까마득한 물마루에 얹혔던 배가 반 바퀴쯤 회전하는가 싶더니 이내 밑으로 내동댕이쳐졌다. 기둥을 붙잡고 있던 사람들이 충격을 이기지 못해 이리저리 나동그라지는 순간, 어마어마한 파도가 배의 옆구리를 때렸다. 단단한 강철로 만들어진 선체가 마치 무 조각처럼 싹둑 잘리며 두 동강이 났다. 그토록 피하고 싶던 마지막 순간이 기어이 다가오고 말았던 것이다.

선원들은 사력을 다해 구명보트를 바다에 띄웠다. 하지만 여객선마저 무기력하게 침몰하는 마당에 작은 보트에 희망을 거는 사람은 아무도 없었다. 파도에 휩쓸려 사라지는 사람, 바람에 날려 추락하는 사람, 양쪽으로 갈라진 채 서로를 부르는 가족들……. 갑판 위는 삽시간에 비명과 울음소리로 뒤덮인 아수라장이 되고 말았다.

파도 이야기 3 : 물마루와 너울

물마루는 파도의 마루터기, 즉 가장 높은 꼭대기를 뜻하며 한자로는 '파두(波頭 : 파도의 머리)'라고 한다. 파도의 좌우 폭은 '너울'이라고 하는데, 너울이 넓을수록 더 많은 에너지(바람)를 흡수하며 더 멀리까지 퍼져 나가게 된다. 파도 중에서 너울이 가장 넓은 것은 조수(밀물과 썰물). 바람 때문에 일어나는 여느 파도와 달리 조수는 해와 달의 중력에 의해 생겨나며, 높이는 10cm에 불과하지만 너울의 폭은 1,000~2,000Km에 이른다.

파도 이야기 4 : 하와이 여름
파도는 남극의 겨울 파도

서핑 장소로 유명한 하와이
앞바다에는 바람 한 점 없는
날에도 늘 높은 파도가 일어
난다. 그 파도의 진원지는
뜻밖에도 남극이다. 남극의
겨울인 6~9월에 남극해에
서 폭풍으로 인해 발생한 파
도가 머나먼 하와이 해안까
지 와서 부서지는 것. 남극
의 파도가 8천 Km나 떨어
진 북태평양의 하와이까지
이동하는 데 걸리는 시간은
겨우 7일. 하와이를 통과한
파도는 캘리포니아를 거쳐
5일 만에 알래스카에 닿는
다. 남극에서 북극까지 가는
데 채 2주도 안 걸린다는 얘
기다.

승객들은 절반쯤 넋나간 듯한 표정으로 보트에 올랐다. 원래는 배 옆구리의 현문을 열고 보트를 내려야 했지만 이미 배가 45도 각도로 기울어 한쪽 끝이 바다에 잠겨 있었기 때문에 굳이 그런 절차를 밟을 필요는 없었다. 어디가 갑판이고 어디가 바다인지조차 제대로 구분이 되지 않을 정도로 절박한 상황이었던 것이다.

"얘야."

구명조끼의 끈을 조이며 보트에 오를 차례를 기다리는 노빈손의 귀에 낯익은 목소리가 들려왔다. 마지막까지 배를 구하기 위해 사력을 다했던 다가마 노인이었다. 노인은 억센 손으로 노빈손의 어깨를 꽉 잡고 다정한 목소리로 속삭였다.

"끝까지 포기하지 말고 정신을 바짝 차리거라. 먼 하늘이 밝은 걸 보면 이 허리케인은 그리 오래지 않아 사그러들 거야. 지금 이 고비만 무사히 넘기면 표류는 하더라도 최소한 보트가 뒤집히지는 않을 게다. 그리고……."

다가마 노인은 빙그레 웃으며 마지막 말을 건넸다.

"살아나거든 언제라도 좋으니 라파누이 섬에 가보거라. 가서 해변의 모아이 옆에 내 이름이 적힌 팻말이나 하나 세워 다오. 다가마 가문의 후손답게 끝까지 바다에 맞서 용감히 싸웠노라고 말이야."

노빈손은 울컥 눈물이 치솟아 제대로 대답을 하지 못하

고 고개만 끄덕였다. 그러자 노인은 다시 한 번 어깨를 두드리고는 어서 타라는 듯 노빈손의 등을 떠밀었다. 노빈손은 뭐라 표현할 수 없는 슬픔에 잠긴 채 보트를 향해 걸음을 옮기기 시작했다. 순간,

콰르르르릉─.

"으아앗!!"

맹렬한 바람과 함께 산더미 같은 파도가 밀려왔다. 가뜩이나 위태위태하던 보트들이 한꺼번에 뒤집혔고, 승객들과 선원들은 손 한번 써보지 못한 채 죄다 물 속으로 곤두박질을 치고 말았다. 수수깡처럼 맥없이 파도에 휩쓸려 버린 노빈손의 코와 입으로 짜디 짠 바닷물이 쉴새없이 밀려들었다.

"어푸어푸─ 사람 살려─."

바보 같으니……. 가물가물한 의식 속에서도 노빈손은 제가 지금 한 말이 얼마나 한심한지를 깨닫고 쓴웃음을 지었다. 살려 달라고 소리 지를 상황이 따로 있지. 다들 똑같이 물에 빠진 상황에서 대체 누가 자기를 살려 줄 수 있단 말인가.

아아─ 이젠 정말 끝이로구나… 다들 안녕……. 노빈손의 정신이 서서히 아득하게 꺼져 갈 무렵, 물 속에서 갑자기 누군가가 불쑥 솟아올라 노빈손의 목을 끌어안았다. 그리고는 다짜고짜 뺨을 후려치며 외쳐 대기 시작했다.

"정신 차려! 정신 차리라구! 몸에서 힘을 빼! 안 그러면

파도 이야기 5 : 파도의 펀치력

대양의 파도는 해안으로 밀려가며 엄청난 에너지를 쏟아낸다. 7m 높이의 파도가 해안에 가하는 힘은 1㎡당 약 30t. 자동차가 시속 50Km 속도로 달리다가 콘크리트 벽을 들이받는 것과 맞먹는 대단한 위력이다. 파도가 심한 바닷가에 가파른 해안 절벽이 많은 것도 그런 이유 때문. 섬나라인 영국에서는 파도로 인해 매년 축구장 30개 넓이의 땅이 사라지고 있다.

파도 이야기 6 : 파도도 약이다

파도가 배를 침몰시키는 못된 짓만 하는 건 아니다. 해안의 부드러운 파도소리는 사람의 마음을 안정시키고 스트레스를 잠재우는 탁월한 치료효과가 있다. 대표적인 게 바로 1백 년 전통을 자랑하는 프랑스의 '타라소 치료법'이다. 바닷가에서의 심호흡 역시 건강에 좋다. 파도가 부서질 때 바닷물 속의 소금이 이온으로 변해 공중에 흩어지는데, 소금 이온이 사람의 호흡기를 건강하게 해준다는 것. 목감기가 걸리면 괜히 항생제를 남용하지 말고 즉시 가까운 바닷가로 달려가자.

죽어!"

다가마 노인이었다. 노빈손과 함께 파도에 휩쓸렸던 그가 노빈손을 붙잡은 채 필사적으로 구명보트를 향해 헤엄을 치기 시작했던 것이다. 노빈손은 짠물로 인해 구역질이 나오는 걸 억지로 참으며 노인이 시키는 대로 힘을 빼기 위해 애썼다. 요행히 뒤집히지 않은 빈 보트 한 척이 바로 옆에서 종이배처럼 둥둥 떠다니고 있었다.

"올라 타! 빨리 올라 타!"

노빈손은 젖먹던 힘을 다해 보트 위로 올라갔다. 그리고는 바닥에 납작 엎드린 채 노인을 향해 손을 내밀었다. 잡아요, 내 손을 잡아요. 하지만 노인은 고개를 저었다. 난 괜찮아, 나까지 타려다가 자칫 보트가 뒤집히기라도 하면 어떡하니? 너라도 무사히 이 지옥을 빠져 나가거라. 노인의 눈이 노빈손에게 그렇게 말하고 있었다.

콰르릉―.

파도가 보트를 하늘 높이 들어올렸다. 파도 속에서 노인의 손이 두어 번 좌우로 흔들리는 것이 보였다. 승객을 구한 뱃사람의, 혹은 젊은이를 위해 스스로를 희생한 노인의 마지막 인사였다. 까마득하게 솟구쳤던 보트가 다시 아래로 떨어졌을 때, 노인의 모습은 이미 그 어디에도 보이지 않았다.

차가운 빗물과 뜨거운 눈물이 노빈손의 뺨에 동시에 흘

러내렸다. 천지를 뒤흔드는 바람소리와 파도소리도 노빈손
의 울음소리만은 삼키지 못했다. 폭풍우가 몰아치는 북대
서양의 어둠 속으로 작은 보트 한 척이 정처없이 떠내려가
기 시작했다.

2

폭풍은 멎었지만

　폭풍이 물러간 바다는 믿을 수 없을 정도로 평온했다. 하늘은 구름 한 점 없을 정도로 말끔하게 개어 있었고, 물결은 호수처럼 잔잔하게 일렁거렸다. 햇살이 내려앉은 수면 위에서 물고기들의 비늘이 은빛으로 반짝거리고 있었다.

　"으음……."

　신음을 내뱉으며 깨어난 노빈손은 이내 눈살을 찌푸리며 손으로 눈을 가렸다. 갑자기 쏟아져 들어온 강렬한 빛으로 인해 눈동자에 타는 듯한 통증이 일어났고, 눈꺼풀 안에서는 커다랗고 하얀 동그라미가 잇따라 생겨났다. 바늘쌈을

구명보트의 뱃머리는 파도를 향해야 한다

구명보트를 타고 바다에 내렸을 때 가장 주의해야 할 것은 보트의 방향이다. 파도가 심한 바다 위에서 파도가 배의 옆구리 쪽으로 밀려오면 배는 얼마 버티지 못하고 곧바로 뒤집혀 버린다. 그러므로 항상 구명정의 뱃머리를 파도나 바람에 정면으로 향하도록 조절해야 한다. 영화에서 보면 표류하는 주인공들의 보트가 늘 파도와 정면으로 맞선 채 오르락내리락 하는데, 그건 그들이 용감해서가 아니라 그것만이 침몰을 피하는 유일한 방법이기 때문이다.

풀어놓은 듯한 대서양의 햇살이 온 몸을 따갑게 찔러 대고 있었다.

"내가 지금 어디에 있는 거지?"

노빈손은 눈을 가늘게 뜨고 주위를 둘러보았다. 의식을 잃기 전의 상황이 어렴풋이 머리에 떠오르기 시작했다. 잔인하게 으르렁대던 파도, 널뛰기를 하듯 사방으로 출렁거리던 보트, 그리고 짐승의 아가리처럼 시커멓고 무시무시하던 바다……. 노빈손은 자기가 허리케인의 손아귀에서 벗어나 바다 위를 홀로 표류하고 있음을 그제서야 알아차렸다.

"이건 말도 안 돼. 또 사고를 당하고 또 나 혼자만 살아났다니. 차라리 소설을 써라, 소설을. 에휴……."

대체 무슨 괴상한 운세를 타고났길래 세 번이나 연거푸 이런 일을 당하는 걸까. 무인도와 아마존 정글로도 모자라 이번엔 끝도 없는 바다 한복판에 버려지다니……. 노빈손은 땅이 꺼질 듯이 한숨을 내쉬며 얄궂기 짝이 없는 제 운명에 대해 푸념을 늘어놓았다.

하지만 한숨을 쉰다고 해서 바다가 육지로 변할 리는 없다. 지금 중요한 건 어떻게든 정신을 차리고 위기에서 벗어나는 일이다. 이미 두 번이나 절망스러운 위기에서 벗어난 경력자답게, 노빈손은 빠른 속도로 냉정을 되찾기 시작했다.

일단은 재산목록을 꼼꼼히 확인해야 했다. 현재 가지고 있는 물건들이 무엇인지 알아야 그것들을 활용해 생존을 유지하며 구조될 때까지 버틸 수 있는 것이다. 다행스러운 건 두 개의 노 중에서 하나가 뱃전에 걸린 채 남아 있다는 점이었다. 또 뭐가 있을까. 노빈손은 보트의 한쪽 구석에 단단히 붙박혀 있는 물품 상자를 열고 빠른 속도로 내용물을 확인하기 시작했다.

"망원경, 방수 시트, 로프, 나침반, 낚시도구 그리고… 옳지. 다행히 물통이 있구나. 비가 내려 주기만 하면 식수 걱정은 없겠군. 이건 뭐지? 칼이랑 거울이잖아?"

칼이야 생선회를 뜰 때 쓴다지만 거울은 대체 뭐에 쓴담? 바다 위에서 표류하는 주제에 거울 보고 꽃단장할 일 있나? 대체 이 여객회사 직원들은 생각이 있는 거야, 없는 거야? 그럴 거면 빗이나 면도기는 왜 안 놔뒀냐구. 노빈손은 잔뜩 군시렁거리며 거울을 상자 속에 다시 던져 넣고 방수 시트와 로프를 꺼내 들었다.

"바다 위에서는 일단 자외선을 피해야 돼. 안 그러면 화상을 입거나 피부암에 걸릴 위험이 있거든. 빈손아, 넌 좋겠다. 아는 거 많아서."

노빈손은 구명조끼를 벗은 뒤 방수 시트로 온몸을 붕대처럼 칭칭 감았다. 가뜩이나 더운 날씨에 천으로 몸을 감싸고 나니 금세 숨이 턱턱 막혔지만 어쩔 수 없었다. 그늘도

사람의 세포막은 물은 통과시키지만 염분과 같은 알갱이는 통과시키지 않는다. 그러므로 세포 안팎의 농도가 달라지면 물을 내보내거나 흡수하여 균형을 맞출 수밖에 없다(삼투현상). 사람 세포의 염분 농도는 약 0.9%인 반면 바닷물의 염분 농도는 3%기 때문에, 농도를 맞추는 과정에서 세포막을 통해 많은 양의 수분이 빠져나가게 된다. 게다가 몸속 염분 농도가 높아지면 혈액의 농도를 유지하기 위해 평소보다 더 많은 소변이 나온다. 바닷물 1ℓ를 마셨을 때의 소변량은 약 1.5ℓ. 마시면 마실수록 목이 더 마르는 '밑지는 장사'인 셈이다.

태양빛은 60%의 적외선, 37%의 가시광선, 그리고 3%의 자외선(UV)으로 이루어져 있다. 자외선은 파장에 따라 A, B, C로 나뉘는데, 자외선 A는 피부를 검게 만들고 피부 노화를 일으킨다. 또 B는 피부에 화상과 염증을 일으킨다. 제일 독한 C는 대부분 오존층에서 흡수되기 때문에 사람에겐 닿지 않지만, A와 B도 오래 쬐면 DNA가 파괴되고 면역체계가 망가져 피부암에 걸릴 위험이 높다. 선크림이 없다면 무조건 몸을 가리는게 최선의 방법이다.

없고 선크림이나 오일도 없는 상태에서 자외선을 피하려면 피부를 숨기는 것 외에는 다른 방법이 없었던 것이다.

"젠장, 아예 통째로 훈제가 되겠군. 머리 위에서 김은 안 나나 몰라."

노빈손은 눈으로 흘러내리는 땀을 연신 닦아 내며 다시 구명조끼를 걸쳤다. 그리고 로프를 허리에 묶은 다음 한쪽 끝을 보트의 뱃전에 단단히 붙들어맸다. 혹시 파도가 심해져 바다에 빠지더라도 보트에서 멀리 떨어지지 않기 위해서였다.

일단 당장 필요한 응급조치들을 마친 노빈손은 혹시 육지가 보일지도 모른다는 기대를 품고 망원경으로 주위를 둘러보았다. 하지만 아무리 눈을 부라리며 쳐다봐도 보이

는 건 까마득한 바다와 직선으로 길게 그어진 수평선뿐이었다. 작년에 무인도의 언덕에서 빈 바다를 보며 느꼈던 암담함이 또다시 되풀이되는 순간이었다.

"틀렸어. 하늘엔 구름 한 점 없고, 갈매기도 전혀 안 보이고……."

구름이나 갈매기는 가까운 곳에 육지가 있음을 알려 주는 좋은 신호다. 수평선에 뭉게구름이 떠 있으면 근처에 육지나 섬이 있을 가능성이 높고, 갈매기가 날아가는 방향을 관찰하면 육지가 어느 방향에 있는지 파악할 수 있기 때문이다. 하지만 안타깝게도 하늘은 마치 금방 닦은 유리창처럼 깨끗했다. 구름이나 새는 고사하고 먼지 한 올도 보이지 않을 정도로 텅 비어 있었던 것이다.

"큰일이군. 무작정 노를 저을 수도 없고. 결국 기약도 없이 이대로 흘러가야 한다는 얘긴데… 대체 내가 지금 어느 쪽으로 가고 있는 걸까?"

노빈손은 방향이라도 확인해 보기 위해 나침반을 꺼내 들었다. 하지만 나침반은 여전히 제가 가리켜야 할 방향을 찾지 못한 채 이리저리 헛돌고 있었다. 그건 보트가 아직도 버뮤다 삼각해역에서 벗어나지 못하고 있다는 증거였다.

"으으……."

나침반을 쥔 노빈손의 손에서 식은땀이 축축히 배어 나오기 시작했다.

갈매기처럼 해변에 사는 새들은 아침에 바다로 날아갔다가 저녁 때 육지로 돌아온다. 그러므로 녀석들이 날아가는 방향을 살피면 육지가 어느 쪽에 있는지 알 수 있다. 하지만 신천옹 같은 바다새들은 늘상 바다 위를 떠돌기 때문에 아무리 관찰해 봤자 헛일이다. 수평선 위에 정지된 채 떠 있는 양털 같은 뭉게구름은 아래쪽에 섬이 있다는 신호. 그 구름은 습기를 머금은 공기가 섬 주변의 상승 기류에 의해 공중으로 올라가면서 생긴다.

거품 바다 위의 사투

보트는 하염없이 어디론가 흘러갔다. 표류를 시작한 지 벌써 일주일이 지났지만 육지는커녕 작은 바위섬 하나도 보이지 않았다. 곧 구조될 수 있을 거라고 마음을 다잡으며 억지로 희망을 품던 노빈손의 가슴에도 차츰 어두운 그림자가 스며들고 있었다.

그나마 다행스러운 건 식량을 구할 수 있다는 점이었다. 밤에 달빛을 거울에 반사시켜 바다 위를 비추면 순식간에 물고기들이 불빛 주변으로 모여들곤 했던 것이다. 노빈손이 거울의 그 같은 쓰임새를 깨달은 건 꼬박 이틀을 쫄쫄 굶은 뒤였다. 물고기의 등뼈를 비틀어 짜거나 눈알을 핥으면 아쉬운 대로 갈증도 그럭저럭 해결할 수 있었다.

하지만 문제는 체력이었다. 뜨거운 태양 밑에서 맨 몸으로 오랜 시간을 버틴다는 건 아무래도 무리였던 것이다. 비 오듯 쏟아지는 땀, 벌겋게 달아올라 쓰라린 살갗, 그리고 허기와 갈증과 외로움… 게다가 밤바다의 공포로 인한 수면 부족까지 겹쳐 노빈손의 몸과 마음은 이미 급속도로 쇠약해진 상태였다.

딱 한 번 희망을 품은 적이 있기는 했다. 3일째 되던 날 망원경으로 주위를 둘러보다가 깡통과 물병 서너 개가 둥둥 떠내려오는 걸 발견했던 것이다. 분명 근처에 육지나 섬이 있을 거라는 믿음으로 꼬박 이틀간 망원경에서 눈을 떼지 않았지만 보이는 건 아무것도 없었다. 아마도 화물선이나 여객선에서 버려진 쓰레기가 바다 위를 떠다니다가 우연히 눈에 띈 모양이었다.

실망에 겨워 망원경을 집어던진 뒤에야 노빈손은 언젠가 읽었던 만화책의 한 장면을 기억해 냈다. 남자 주인공이 아프리카의 해변에서 바다에 띄운 콜라병 속의 편지를 여자 주인공이 수만Km나 떨어진 호주의 바닷가에서 발견한다는 내용이었지. 제목이 『물 건너간 콜라병』이었던가……. 자기가 본 깡통과 물병 역시 그렇게 먼 길을 떠내려왔을지 모른다고 생각하니 노빈손은 그만 온 몸의 힘이 쭉 빠지는 듯한 기분이었다.

"제발 아무거나 좀 나타나라. 무인도라도 좋고 암초라도 좋으니 제발… 바다가 아닌 다른 풍경이 좀 나타나 줘."

몽롱한 정신으로 잠꼬대처럼 중얼거리던 노빈손이 갑자기 말을 뚝 멈췄다. 어디선가 몹시 고약한 냄새가 풍겨 오고 있었던 것이다. 이게 무슨 냄새야? 고래가 방귀라도 뀌었나? 코를 찡그린 채 주변을 살피던 노빈손의 시선이 문득 한곳에서 멎었다. 그 부근의 수면과 하늘이 마치 아지랑이가 피어오른 것처럼 뿌옇게 보였기 때문이다. 노빈손은 의아한 표정으로 일어나 앉으며 조심스레 망원경을 집어들

71

지구 화산의 2/3는 해저에 있다

뜨거운 용암을 뿜어 내는 화산은 땅 위에만 있을 것 같지만 사실은 지구에 존재하는 화산의 2/3가 바닷속에 있다. 지구 내부의 에너지는 수천m 깊이의 해저 화산 용암을 통해 분출되고, 그 과정에서 다양한 물질들이 바다에 녹는다. 분화구 주변의 온천수에 섞인 메탄가스와 황화수소는 해저 생물들의 소중한 생존 기반이며, 대규모의 철과 망간 등을 함유한 해저 용암은 21세기 최고의 자원 창고로 꼽히고 있다.

었다.

"으앗!"

노빈손의 입에서 외마디 비명이 튀어나왔다. 저럴 수가! 바다가 불 위에 얹어놓은 찌개 냄비처럼 부글부글 끓어오르고 있었던 것이다. 온통 거품으로 부글거리는 바다 곳곳에서 거대한 물기둥이 치솟고 있었다. 노빈손의 입이 치과에서 스케일링을 할 때처럼 위아래로 쩍 벌어졌다.

"세상에, 저게 대체 뭐야? 바다 한가운데 온천이 있을 리도 없고, 그렇다고 용암도 아니고. 가만! 혹시… 해저 화산?"

갑자기 온몸에 소름이 확 끼치며 털이란 털이 죄다 빳빳하게 곤두섰다. 만에 하나 저게 해저 화산이라면? 그리고 잠시 후에 폭발해 버린다면? 그럼 난… 그냥 순식간에 통구이가 되는 거잖아. 아니면 폭발에 휩쓸려 하늘로 날아가 버리거나… 안 되지. 그럴 순 없어. 지금 당장 멀리 피해야 돼.

노빈손은 벌떡 일어나 보트의 진행 방향을 확인했다. 공교롭게도 보트는 해류에 밀려 바로 그 거품 바다 쪽으로 접근해 가고 있었다. 게다가 엎친 데 덮친 격으로 보트의 뒤에서 바람까지 휙휙 불어오고 있었다. 필사적으로 노를 저었는데도 불구하고 보트와 거품 바다 사이의 거리는 점점 더 좁혀지고 있었다.

부글부글ㅡ.

콰르르ㅡㅡ.

거품 소리가 점점 가깝게 들려오더니 아예 무시무시한 굉음으로 변했다. 가끔은 펑펑 하고 폭탄 터지는 것 같은 소리가 나기도 했다. 집채만큼 크게 부풀었던 거품이 터져 흩어지면서 나는 소리였다. 노빈손은 팔이 마치 쇳덩이를 매단 듯 천근만근 무거워지는 걸 느꼈다. 스펀지에서 물이 빠지듯 온몸의 힘이 스르르 빠져 나가고 있었다.

"으으, 안 돼."

흐릿해지는 노빈손의 눈에 거대한 소용돌이가 보였다. 거품 바다 부근에서 맹렬하게 일어나는 그 소용돌이의 크기는 거의 축구장만큼이나 거대했다. 거기에 휩쓸리는 날엔 그야말로 형체도 없이 거품처럼 산산히 부서져 버릴 게 분명했다. 노빈손은 마지막 젖먹던 힘까지 짜내어 필사적으로 노를 저어 대기 시작했다.

시간이 얼마나 지났을까. 몽롱한 상태에서 본능적으로 노를 젓던 노빈손이 문득 팔을 멈췄다. 고막이 터질 듯 가깝게 들려오던 소용돌이의 굉음이 언젠가부터 들리지 않고 있음을 깨달은 것이다. 어떻게 된 거지? 내가 지금 어디에 있는 거야? 혹시 또 꿈을 꾼 건가? 아니면… 설마 죽어서 영혼만 남은 걸까?

살그머니 눈을 뜬 노빈손의 시야에 평화로운 수평선이

거품 바다는 공포의 버뮤다 삼각해역을 더욱 무시무시하게 만드는 신비한 자연현상이다. 콜럼버스 시대인 15~16세기부터 이 지역에서는 끓는 물과 반원형의 어지러운 물기둥들이 발견되곤 했다. 또 1963년엔 미국의 제트기 조종사가 버뮤다 해역에서 비행장만큼이나 거대한 끓는 물기둥을 보았다고 보고한 적도 있다. 대체 그 거품과 물기둥의 정체는 뭘까? 해답은 책을 계속 읽다 보면 저절로 알게 된다.

보였다. 조금 전까지만 해도 미친 듯 부글거리던 바다는 놀랍게도 호수처럼 잔잔하게 가라앉아 있었다. 노빈손은 이게 대체 무슨 조화인지 도무지 알 수가 없었지만 지금은 이것저것 생각할 기운조차 남아 있지 않았다. 분명한 건 죽음의 거품 바다에서 무사히 벗어났다는 것뿐이었다.

"살았어. 배를 침몰시키고 비행기를 떨어뜨린다는 버뮤다의 저주에서 벗어난 거야. 노빈손! 정말이지 목숨 하나는 지독하게 질긴 녀석이로구나."

땀으로 범벅이 된 채 바닥에 주저앉아 안도의 한숨을 내쉬던 노빈손은 고개를 들고 물품 상자의 뚜껑을 열었다. 그러고는 나침반을 꺼내 제대로 작동이 되는지 확인했다. 그의 생각이 맞다면 이제 나침반은 더 이상 헤매지 않고 정확하게 지구의 남과 북을 가리키고 있을 터였다.

빙그르르—.

가볍게 흔들리던 나침반의 바늘이 거짓말처럼 한곳에서 멎었다. 마치 언제 자기가 고장이 났었느냐는 듯이. 노빈손은 빙그레 웃으며 보트가 흘러가는 방향을 확인한 뒤 곧바로 쓰러져 깊은 잠 속으로 빠져 들었다.

해 뜨는 곳으로 가는구나. 희망의 방향으로. 이제 머지 않아 모든 게 잘될 거야……

노빈손의 보트는 지금 동쪽을 향해서 가고 있었다.

지구의 온도는 해류가 결정한다

　　강물이 상류에서 하류로 흐르듯 바닷물 역시 끊임없이 어디론가 흘러가고 또 흘러 온다. 바다 표면(수층)과 깊은 해저에서 흐르는 해류들은 지구의 온도와 기후를 조절하는 거대하고 정교한 온도 조절장치라고 할 수 있다. 만일 해류의 움직임이 멎거나 뒤바뀐다면 지구는 순식간에 균형을 잃고 엉망으로 망가지게 될 것이다.

바람따라 흐르는 바닷물

　　바닷물의 흐름에 가장 큰 영향을 끼치는 건 바람이다. 지구의 적도 부근에서는 언제나 동쪽에서 서쪽으로 무역풍이 분다. 그리고 바닷물 역시 바람과 같은 방향으로 흐르게 된다.

　　똑같은 적도 지역이라도 서태평양 인도네시아 부근의 바닷물은 동태평양의 페루·에콰도르 지역에 비해 온도가 8℃ 가까이 높다. 또 해수면의 높이도 50cm가량 높다. 동쪽의 바닷물이 바람을 따라 서쪽으로 흘러 와서 쌓이기 때문이다. 한편, 동태평양에서는 빠져 나간 물을 보충하기 위해 바다 밑의 찬물이 솟아오르는데, 이를 '용승 현상' 이라고 한다.

　　무역풍이 평소보다 약해지면 서쪽으로 흐르는 물의 양이 줄어들기 때문에 찬물의 용승 현상도 약해진다. 이에 따라 동태평양 연안의 바닷물 온도가 평소보다 높아지는 현상을 '엘니뇨' 라고 한다. 반대로 바람이 강해져서 찬물이 많이 솟아올라 온도가 뚝 떨어지는 현상을 '라니냐' 라고 한다. 엘니뇨와 라니냐는 폭우·폭염·폭설·한파 등 숱한 기상 재해를 부르는 지구촌의 골칫덩이다.

　　한편, 북극과 남극 지역에서는 적도와는 반대로 늘 편서풍이 분다. 위아래에서 반대 방향으로 부는 두 개의 바람에 의해 북반구의 모든 해류는 시계 방향으로 회전하며, 남반구의 모든 해류는 시계 반대 방향으로 회전하게 된다(버뮤다 해역을 벗어난 노빈손이 동쪽으로 표류하게 되는 것도 그 때문이다).

멕시코 만류의 수수께끼

북대서양의 멕시코 만류는 바람에게 반항하는 유일한 해류다. 다른 모든 해류들이 바람의 방향에 따라 뱅글뱅글 도는 것과 달리 유독 이 해류만은 바람을 뚫고 북쪽으로 올라간다. 남쪽에서 올라온 이 따뜻한 물 덕분에 북쪽에선 상식을 벗어나는 신기한 풍경이 벌어지게 된다.

대표적인 예가 바로 아이슬랜드. 북극권에 위치한 이곳은 '얼음땅(Ice Land)'이라는 이름답게 당연히 얼음으로 뒤덮여 있어야 하지만 실제로는 한겨울에도 좀처럼 영하로 떨어지지 않는다. 노르웨이의 로포튼 군도 역시 겨울 평균온도가 0℃도 안팎으로 같은 위도상의 시베리아나 캐나다 북부에 비해 10℃ 이상 높다. 이 모든 게 바로 주변을 흐르는 멕시코 만류 덕분. 수온이 기온보다 훨씬 높은 탓에 겨울에도 바다에서 김이 모락모락 피어오르며, 1년 내내 어업이 가능하고 수확량도 매우 풍성하다.

멕시코 만류는 대체 무슨 능력으로 바람을 거슬러 올라가는 걸까? 과학자들이 오랫동안 풀지 못한 채 끙끙거리던 이 어려운 수수께끼는 최근에야 비로소 풀렸다. 멕시코 만류보다 훨씬 더 따끈따끈한 최신판 모범답안을 소개한다.

가라앉는 물과 흘러드는 물

북극권의 그린랜드는 평균 1,500m 두께의 얼음으로 뒤덮인 차가운 땅이다. 1990년대에 이곳에선 세계 각국의 과학자들로 구성된 연구팀의 '빙하 시추 프로젝트'가 진행되었다. 25만 년에 걸쳐 형성된 그린랜드의 얼음 샘플을 채취해서 분석하면 그 기간 동안의 강설량·기온·대기상태 등을 통해 지구의 역사를 파악할 수 있기 때문이다.

그 과정에서 놀라운 사실이 발견되었다. 그린란드 부근의 바닷물이 깊은 해저를 향해 끊임없이 가라앉고 있었던 것이다. 지름이 1Km에 가까운 수백 개의 거대한 물기둥으로 이루어진 이 '침강류'가 가라앉히는 물의 양은 1초에 무려 2천만 t에 이른다.

이토록 엄청난 침강류가 발생하는 원인은 물의 온도와 농도 때문. 이곳의 바닷물은 차가울 뿐만 아니라 다른 지역에 비해 굉장히 짜다. 달리 말하면 밀도가 높고 무겁다는 뜻이다. 그러다 보니 윗부분의 물이 자꾸 밑으로 가라앉게 되고, 대신 그 자리엔 따뜻한 멕시코 만류가 흘러든다. 평평함을 유지해야 하는 바다에서 한쪽이 자꾸 가라앉으니 당연히 다른 쪽 물이 흘러와 빈자리를 채우게 되는 것이다. 멕시코 만류가 바람을 뚫고 북으로 북으로 올라오는 건 바로 그런 이유에서다.

2천 년간의 여행, '대양 대순환 해류'

바다 밑바닥으로 가라앉은 침강류는 아메리카 대륙의 동쪽 해안선을 따라 남쪽으로 흘러내린다. 깊이 4Km의 어두운 해저를 초속 10cm의 속도로 느릿느릿 흐르는 이 심해 해류의 폭은 거의 100Km에 가깝다.

침강류는 북극의 그린란드뿐 아니라 남극에서도 당연히 발생한다. 위에서 내려온 북극 침강류와 아래에서 올라온 남극 침강류는 남아메리카 동남부 해저에서 합쳐지면서 동쪽으로 방향을 바꾼다. 그리하여 일부는 인도양으로 흘러들고 나머지는 뉴질랜드를 거쳐 북태평양으로 올라간다. 깊이가 1만 m나 되는 '커마디 해구'가 이 오랜 여행의 종점이다. 해구에 도착한 심해 해류는 더 이상 차가움을 고집하지 않고 태평양의 따뜻한 바닷물과 섞인 채 바다 위로 올라온다.

　　과학자들은 심해 해류의 여행 기간을 알아내기 위해 커마디 해구의 물을 채취하여 탄소입자를 분석했다. 그 결과 그린랜드에서

가라앉은 물이 해구에 도착하는 데 걸린 기간은 자그마치 2천 년이라는 놀라운 사실이 밝혀졌다. 세상에서 가장 느리고 가장 신비로운 이 심해 해류의 이름은 '대양 대순환 해류'다.

1만 3천 년 전의 재앙

대양 대순환 해류가 지구의 기후에 끼치는 영향은 실로 막대하다. 따뜻한 멕시코 만류를 차가운 북극의 바다로 끌어들여 온화한 기후를 선사하고, 태평양의 더운물에 제 찬물을 섞음으로써 열대 바다가 무한정 더워지지 않게끔 온도를 조절한다. 지구 전체를 총괄하는 거대한 온도조절 장치라고 해도 지나치지 않을 정도다.

플랑크톤 화석으로 고대 바다의 온도를 측정해 보면 1만 3천 년 전에 지구에 무시무시한 추위가 닥쳤던 흔적이 보인다. 과학자들은 그게 대양 대순환 해류의 약화 때문이었다고 말한다. 빙하가 녹으면서 북아메리카 대륙에 거대한 홍수가 발생하여 북대서양에 엄청난 양의 민물이 흘러들었고, 그 결과 바닷물의 염분 농도가 떨어져서 침강류가 약해졌다는 것이다. 이는 대양 대순환 해류의 약화(또는 중단)로 이어졌고, 온도조절 장치를 잃은 지구는 당연히 급속한 기후 변화를 겪을 수밖에 없었다.

그 생생한 증거가 바로 알래스카. 홍수 이전에 쌓인 퇴적층에서는 식물의 흔적이 발견될 뿐만 아니라 인간들이 남긴 사냥과 석기의 흔적도 보인다. 하지만 1만 3천 년 전의 대홍수와 맹추위 이후엔 생명체가 도저히 살 수 없는 차가운 동토로 변해 버렸다. 유럽에서도 그 시기를 고비로 식물이 급속히 감소했다. 당시 닥쳤던 맹추위는 대양 대순환 해류가 다시 흐를 때까지 1천 년 이상이나 지속되었다고 한다.

비상!! 심해 해류가 망가지고 있다!

대양 대순환 해류의 중단은 단지 과거의 일에 불과한 것일까? 그렇지 않다. 미국 국제빙산경비대의 보고에 의하면 최근 지구 온난화로 인해 북대서양의 빙산들이 급속히 녹아 내리고 있다고 한다. 쪼개진 채 떠다니는 빙산의 개수도 1970년대에 4백여 개이던 것이 80년대엔 6백여 개로, 그리고 90년대엔 거의 1천여 개로 늘어났다.

빙산은 바다 위에 떠 있는 민물 덩어리다. 그게 녹으면 바닷물의 염분이 묽어지기 때문에 밀도가 낮아져서 침강류의 양이 점점 줄어들게 된다. 과학자들은 바다의 소금 농도가 0.1%만 떨어져도 대양 대순환 해류에 문제가 발생한다고 말한다. 실제로 일부 지역에선 해저 4Km까지 가라앉아야 정상인 침강류의 깊이가 요즘 들어 겨우 1Km 수준에 머무르고 있다.

지구온난화는 빙산만 녹여 버리는 게 아니다. 지구가 더워지면 적도의 증발량이 늘어나 습도가 높아지고 강우량이 늘어난다. 그 결과 시베리아와 캐나다의 강물 수위가 10% 이상 증가하고, 그 민물이 바다로 흘러들어 북대서양의 농도는 더욱 낮아지게 된다. 1만 년간 지구의 평균온도를 15℃로 유지시켜 온 온도조절 장치가 갈수록 위태로워지고 있는 것이다.

과학자들은 21세기 초반에 대양 대순환 해류가 급속히 망가져 21세기 중반이 되면 지금의 2/3 수준으로 약해질 것으로 예상하고 있다. 그러면 지구 전체의 강우량과 일조량, 그리고 생태계 등이 한꺼번에 파괴되어 버릴 게 분명하다. 인류는 기적과도 같은 심해 해류의 비밀을 이제서야 깨달았지만 안타깝게도 그 흐름은 갈수록 약해지고 있다. 이산화탄소 같은 온실가스의 배출을 줄이고 지구 온난화를 중단시키는 것만이 2천 년에 걸친 물의 여행과 인류의 생존을 동시에 유지시킬 수 있는 유일한 길이다.

'가라앉은 궁전' 타이타닉 호

타이타닉 호는 1912년 4월 12일 밤에 대서양에 침몰한 호화여객선의 이름. 길이 260m에 9층짜리 선실을 갖춘 이 배의 키는 10층 빌딩보다도 컸고, 자동차 8대의 무게와 맞먹는 육중한 닻이 3개나 있었다. 세계 각국의 부자들 2,201명을 태운 채 영국을 떠나 미국으로 향하던 이 배는 '하느님도 침몰시킬 수 없다'는 애초의 장담과는 달리 북대서양의 빙산에 부딪혀 결국 바다 밑으로 가라앉고 말았다. 사망자는 무려 1,520여 명. 2001년 2월 2일엔 남자 생존자들 중 유일하게 남아 있던 92살의 미국인이 사망했고, 이제 할머니 4명만이 남아 있다.

수중 인간들의 습격

말소리가 들려온 건 새벽녘이었다. 바람소리를 잠결에 잘못 들었겠거니 여기던 노빈손은 계속해서 소리가 들려오자 귀를 쫑긋 세우며 벌떡 일어나 앉았다. 희미해서 정확히 알아들을 수는 없었지만 분명히 사람들끼리 뭔가 두런거리는 소리였다.

"내가 지금 귀신에 홀린 건가?"

노빈손은 잠시 정신이 멍했다. 어떻게 바다 한복판에서 사람 소리가 날 수 있단 말인가. 혹시 물에 빠져 죽은 어부들의 귀신이 나타난 거 아냐? 아니면 타이타닉호의 유령들이? 으으. 노빈손의 머리카락이 하늘을 향해 곤두서는 순간, 이번에는 분명히 알아들을 수 있을 정도로 뚜렷하게 누군가의 목소리가 들렸다.

"바보 같은 녀석들. 분명히 남은 놈이 없다고 했었잖아."

"죄송합니다."

"시끄럿! 당장 가서 처리하고 와."

"옛!"

처리하라구? 누구를? 설마 나를? 노를 꽉 움켜쥐고 두리번거리는 노빈손의 귀에 촤악 하고 물살 가르는 소리가 낮게 들려 왔다. 그리고 잠시 후, 물속에서 뭔가 허연 것이

불쑥 솟아올랐다.

　"으악!!"

　"허걱!!"

　비명이 튀어나온 건 거의 동시였다. 기겁을 한 노빈손이 소리를 지르자 물속에서 튀어나온 괴물 역시 놀라서 고함을 질러 댄 것이다. 아니, 자세히 보니 괴물은 아니었다. 좀 이상하게 생기긴 했지만 그건 분명 사람의 얼굴이었다.

　"누, 누구야! 넌 누구야!"

　노빈손은 노를 번쩍 치켜든 채 떨리는 목소리로 소리쳤다. 상대의 모습은 실로 기괴하기 이를 데 없었다. 문어처럼 매끄러운 머리, 몸에 비해 턱없이 작아 보이는 얼굴, 붕어처럼 툭 튀어나온 눈, 그리고 메기처럼 거무튀튀한 피부. 사람은 사람이되 도무지 사람 같지 않은 해괴한 몰골이었던 것이다.

　그뿐이 아니었다. 손에는 오리처럼 물갈퀴가 달려 있었고, 물속에 잠겨 있는 하반신은 놀랍게도 물고기의 그것과 흡사했다. 그리고 맨 밑에는 발 대신 물고기의 꼬리지느러미 같은 것이 흐느적거리고 있었다. 노빈손은 제 눈으로 보고서도 도무지 이 사실을 믿을 수 없어 멍하니 눈만 꿈벅거렸다. 세상에 말로만 듣던 인어가, 그것도 수컷 인어가 눈앞에 나타날 줄이야.

　그때였다. 배 주변에서 첨벙거리는 소리가 나더니 괴물

'민물의 제왕' 쏘가리와 '바다의 먹보' 망둥이

쏘가리는 바닷고기가 아닌 민물 생선이며 우리나라와 중국 일부에만 서식하는 희귀종이다. 오직 살아 있는 물고기만 잡아먹는 탓에 흔히 '민물의 제왕'이라 불리며, 자기보다 큰 물고기조차 끝까지 공격하여 물어 죽이는 난폭한 성깔을 갖고 있다. 잉어가 될 때 덩달아 뛴다고 구박받는 망둥이(정확한 표기는 '망둥어')는 '제 살을 잘라 줘도 뜯어먹는다'는 말이 있을 정도로 먹성이 좋은 바다 생선이다.

들이 잇따라 고개를 물 밖으로 내밀며 보트를 포위했다. 이어서 왕관처럼 삐죽삐죽한 산호를 머리 위에 얹은 괴물이 솟아올라 기분 나쁜 눈초리로 노빈손을 노려보았다. 보아하니 녀석이 바로 저 괴물들의 우두머리인 것 같았다.

"우리더러 누구냐구? 그러는 넌 누군데?"

"나? 난 노빈손이다."

"노빈손? 크크크. 얼굴은 꼭 망둥이처럼 생긴 놈이 이름마저 괴상하구나."

"마, 망둥이? 말 다했어? 이 쏘가리 같은 놈아."

노빈손은 그 와중에도 부아가 치밀어 눈을 치켜뜨며 버럭 소리를 질렀다. 노씨 가문의 외아들인 내게 감히 망둥이라니. 잉어나 숭어라면 또 몰라도. 그러자 부하 괴물들 중 하나가 몹시 분개한 표정으로 노빈손에게 삿대질을 하기

시작했다.

　"무엄하다! 감히 고귀하신 왕족에게 욕지거리를 하다니."

　"왕족 좋아하네. 비린내 나는 생선 나부랭이한테 무슨 왕족이 있고 귀족이 있냐? 이 횟집에서도 안 받아 줄 괴물들아."

　"뭣이? 생선이라구? 크으으, 저 놈이……."

　왕족이라고 불린 우두머리 괴물은 몹시 분노한 듯 얼굴을 찡그리며 이를 부드득 갈았다. 그러고는 유리를 긁는 듯한 껄끄러운 목소리로 부하들에게 명령을 내렸다.

　"보내리우스! 저 놈을 당장 황천으로 보내 버려."

　"옛!"

　대답과 함께 괴물 하나가 물속에서 괴성을 지르며 솟구쳐 올랐다. 노빈손은 황급히 몸을 피하며 마치 야구방망이처럼 노를 휘둘러 댔다. 허탕을 치고 반대편 물속으로 떨어진 괴물이 다시 노빈손을 공격하려는 순간, 어디선가 좌르르 물살 가르는 소리가 난 데 이어 괴물들의 다급한 목소리가 들려왔다.

　"앗! 백상아리다."

　"으아아— 피해라. 죠스다, 죠스."

　"침착해! 겁먹지 말고 조를 짜서 공격해! 평소에 훈련한 대로 하란 말야."

　왕족 괴물은 확실히 부하들과는 다른 데가 있었다. 거대

상어 이야기 1 : 상어는 온몸이 이빨이다

상어가 바다의 제왕으로 군림하는 이유는 스치기만 해도 상대를 베어 버리는 무시무시한 이빨 때문. 게다가 무는 힘도 엄청나서 몸 길이 2〜3m인 더스키 상어의 무는 힘은 1㎠당 무려 18t에 이른다. 여러 겹으로 난 상어의 치열은 절단기처럼 작용해 먹이를 단숨에 잘라 버리며, 어쩌다 이빨이 빠지면 뒤에 있던 예비이빨이 즉시 앞으로 나온다. 10년 동안 자그마치 2만 4천 개의 이빨이 난 상어가 있었을 정도. 뿐만 아니라 피부에도 이빨처럼 뾰족한 비늘(dermal teeth : 피부 치아)이 잔뜩 돋아 있다. 말 그대로 '온몸이 이빨' 인 셈이다.

상어의 종류는 약 350여 종. 가장 큰 건 몸 길이 15m 에 체중이 20이나 되는 '고 래 상어' 지만 녀석은 덩치와 는 달리 육식을 하지 않고 식물성 플랑크톤을 먹고 사 는 '채식주의자' 다. 이와 달 리 크기가 45cm에 불과한 '쿠키커터 상어' 는 원자력 잠수함의 고무로 된 전파탐 지탑을 뜯어먹을 정도로 성 깔이 사납다. 상어 중 가장 작은 건 15~30cm짜리 '난 쟁이 상어' 이며, 영화 〈죠스〉 에 나오는 식인 상어는 10~12m 크기의 '백상아리' 다.

한 상어의 출현으로 인해 다른 괴물들이 갈팡질팡하는 와중에도 그는 전혀 흔들림 없이 차분하게 부하들을 지휘하며 상어에 맞서기 시작했다. 노빈손은 상어의 출현이 행복인지 불행인지 모르겠다는 듯한 얼떨떨한 표정으로 눈앞의 결투를 지켜보았다.

상어는 괴물들의 질서정연한 공격에 밀려 차츰 허둥거리기 시작했다. 그와 달리 괴물들의 몸놀림은 물속인데도 놀라울 정도로 날렵했다. 마치 영화를 보는 기분으로 그 장면을 구경하던 노빈손은 한참 만에야 자기가 어떤 상황에 처해 있었는지를 깨달았다. 그는 지금 한가롭게 남의 싸움을 구경할 상황이 아니었던 것이다.

"앗! 저 망둥이 같은 놈이 달아난다."

괴물들 중 하나가 버럭 소리를 질렀다. 하지만 왕족과 나머지 부하들은 힐끗 곁눈질을 했을 뿐 섣불리 보트를 뒤쫓아 오지 못했다. 상어를 완전히 제압하기 전엔 노빈손에게 신경을 쓸 겨를이 없었던 것이다. 노빈손은 상어가 부디 오랫동안 버텨 주길 간절히 바라며 죽을힘을 다해서 노를 저어 댔다.

10여 분쯤 지났을까. 팔이 떨어질 정도로 노를 젓고 있는 노빈손의 귀에 왕족 괴물의 목소리가 다시 들려왔다. 그토록 기를 쓰고 달아났는데도 결국은 다시 추격을 당한 모양이었다. 암담해진 노빈손은 다시 한 번 여객회사 직원들

을 원망했다. 대체 왜 구명보트에 모터를 달지 않고 노만
달랑 매어 둔 거야?

"빨리 잡아. 경계선이 얼마 안 남았단 말야."

"알겠습니다."

"그 망둥이를 놓치면 대신 네놈들을 삶아 버릴 테니까
알아서들 해."

으으, 또 망둥이라구? 게다가 날 삶아먹겠다니, 완전히
식인 생선이로군. 이제 보니 아마존의 악당 모질라요보다
더 지독한 놈 아냐?

노빈손은 황망한 와중에도 '경계선'이라는 말에 희망을
걸고 있는 힘껏 노를 저었다. 뭔지는 모르지만 조금만 더
가면 살아날 수 있을지도 모른다는 생각이 들었던 것이다.
아니나 다를까. 잠시 후 등뒤에서 왕족의 투덜거리는 소리
가 커다랗게 들려왔다.

"에잇, 놓쳤잖아. 여기부턴 저쪽 구역이란 말야."

놓쳤다구? 그럼 이젠 안 쫓아온다 이거지? 드디어 사선
을 넘어 안전지대로 피신했음을 깨달은 노빈손은 노 젓기
를 멈추고 천천히 뒤로 돌아섰다. 괴물들이 불과 몇 m 앞
에서 낙담한 표정으로 물에 둥둥 떠 있었다. 노빈손은 길게
한숨을 내쉰 다음 의젓한 목소리로 입을 열었다.

"쏘가리! 오늘은 내가 배가 불러서 봐준다. 다음에 걸리
면 그땐 곧바로 매운탕을 만들어 버릴 거야."

상어 이야기 3 : 상어 코는
개코

상어는 뇌의 절반이 냄새 맡
는 일에 관여할 정도로 후각
이 뛰어나다. 특히 피 냄새
에 민감하여 1.5km 밖에서
도 그걸 맡고 쫓아온다. 상
어가 냄새를 잘 맡는 건 머
리에 붙어 있는 '비공'이라
는 감각기관 덕분. 녀석은
헤엄칠 때 머리를 좌우로 흔
들며 냄새의 방향을 잡는다
고 한다. 고대 그리스인들이
상어를 '바다의 사냥개'라
부른 것도 녀석들의 놀라운
후각 때문이다.

87

아틀란티스의 후예들

노빈손은 온몸이 파김치가 된 상태에서도 잠들지 않기 위해 무진 애를 썼다. 이틀 동안 연거푸 아슬아슬한 위기를 겪고 나니 불안함 때문에 잠시도 경계를 소홀히 할 수가 없었던 것이다. 자칫 잠이 들었다가 또 그런 상황이 닥치기라도 하면 그땐 꼼짝없이 물고기밥이 될 판이었다.

"이상해. 왜 추격을 중단했을까? 바다엔 아무것도 없었는데 왜 경계선이니 뭐니 하는 얘길 했지? 그나저나 그 괴물들의 정체는 도대체 뭐야?"

노빈손은 끊임없이 일어나는 의문을 풀기 위해 여러모로 머리를 굴려 보았다. 하지만 아무리 생각을 해도 그로서는 단 한 가지도 제대로 알아낼 수가 없었다. 자기가 정말로 그 괴물들을 만나긴 했었는지, 혹시 깜박 졸다가 꿈을 꿨거나 피곤에 지쳐 허깨비를 본 건 아닌지 스스로도 의심이 생길 정도였다.

멍하니 눈을 꿈벅거리던 노빈손의 얼굴이 별안간 하얗게 질리기 시작했다. 아까 괴물들이 나타났을 때와 똑같은 물살 소리가 등뒤에서 또다시 들려왔던 것이다.

"놈들이 다시 뒤쫓아온 걸까? 으으— 잡히면 삶아 버린다고 했었는데… 이럴 줄 알았으면 아까 매운탕 얘기나 하지 말걸."

긴장된 표정으로 노를 움켜쥐던 노빈손이 갑자기 헉 하고 숨을 들이쉬었다. 물속에서 낯익은 왕관이 불쑥 솟아올랐기 때문이다. 이제 난 죽었구나. 노빈손은 다리에 힘이 쭉 빠지는 걸 느끼며 그 자리에 털썩 주저앉았다. 그런데…….

"어럽쇼?"

이건 또 뭐야? 다른 사람, 아니 다른 괴물이잖아? 노빈손은 멍한 표정으로 눈앞에 등장한 새 괴물을 바라보았다. 갸름한 얼굴, 커다란 눈, 그리고 오똑한 콧날… 이번에 등장한 괴물은 뜻밖에도 여자였던 것이다. 쏘가리처럼 사납게 생기지도 않고 우럭처럼 험상궂게 생기지도 않은, 오히려 비단잉어처럼 예쁘장한 얼굴이었다.

"너, 넌 또 누구지?"

"……."

상대는 대답 대신 신기한 표정으로 노빈손을 물끄러미 바라보았다. 그러더니 옥구슬처럼 낭랑한 목소리로 조용히 말을 걸었다.

"당신은 누구죠?"

"나? 난 노빈손이지. 근데 내가 먼저 물었잖아. 넌 누구야?"

"어떻게 여기까지 왔죠? 싸우리우스 패거리들이 가로막

상어 이야기 5 : 상어는 '살아 있는 화석'

상어가 지구에 처음 나타난 건 지금으로부터 3억 5천 년 전인 데본기. 인간의 가장 오래전 조상인 오스트랄로피테쿠스보다 1백 배나 더 일찍 지구상에 나타났다. 이처럼 오랫동안 지구에서 살아남은 동물은 오직 곤충들과 전갈밖에 없으며, 바로 그런 이유 때문에 과학자들은 상어를 '살아 있는 화석'이라고 부른다.

지 않던가요?"

싸우리우스? 그게 아까 그 쏘가리의 이름인가? 생긴 거만큼 이름도 사납구나. 노빈손은 짐짓 용맹스런 표정으로 노를 흔들며 대답했다.

"가로막은 생선들이 있긴 있었지. 하지만 이걸로 흠씬 두들겨 패서 쫓아 버렸어."

"그럴 리가?"

상대는 믿을 수 없다는 듯 고개를 흔들며 다시 한 번 노빈손을 위아래로 훑어보았다. 그러고는 희미하게 웃으며 말했다.

"당신은 운이 좋은가 봐요. 그 무지막지한 싸움꾼한테서 도망쳤으니. 모르긴 해도 싸우리우스는 경계선에 걸려서 당신을 놓쳤을 거예요."

"그게 아니라……."

노빈손은 멋쩍은 표정으로 뒤통수를 긁적이며 말끝을 얼버무렸다. 모처럼 잘난 척 좀 하려고 그랬더니만 공연히 허풍만 떤 꼴이 됐잖아? 상대는 노빈손의 마음을 다 안다는 듯 빙그레 웃으며 말을 이었다.

"어쨌든 훌륭해요. 다른 사람들은 경계선에 도착하기 전에 다들 당하고 마는데… 모처럼 용감한 사람을 만나서 기뻐요. 내 이름은 말리쟈예요."

말리쟈? 아까는 싸우리우스고 이번엔 말리쟈라… 한쪽

에선 노상 싸움박질이고 한쪽에선 계속 말린다 이건가? 노빈손은 갈수록 오리무중인 이 수중 인간들의 정체가 못내 궁금한 듯 자꾸만 고개를 갸웃거렸다.

"근데, 너흰 대체 누구야? 아까 그 괴물은 날 해치려고……."

아차! 괴물이라고 하면 안 되지. 보아하니 같은 종족인 모양인데 그렇게 말하면 얼마나 서운하겠어? 저렇게 예쁜 괴물을 슬프게 하는 건 사나이의 도리가 아니지. 그렇다고 물갈퀴에 꼬리지느러미까지 달린 무리들을 사람이라고 부를 수도 없고……. 노빈손이 뭔가 적당한 표현을 찾기 위해 눈을 데구르르 굴리자 말리쟈가 먼저 말을 꺼냈다.

"우린 괴물이 아니에요. 물론 짐승도 아니구요. 단지 신의 형벌을 받아 반인반어의 슬픈 운명으로 살아가고 있을 뿐이에요."

"신? 형벌?"

"그래요. 형벌이죠. 아주 괴롭고 지루한 1만 년의 형벌. 왕자인 싸우리우스도, 그리고 공주인 나도 그 형벌에서 벗어날 수는 없어요."

"공주? 그럼 니가 말로만 듣던 인어공주란 말야?"

"인어공주는 그냥 동화일 뿐이죠. 하지만 난 분명히 왕국의 공주예요. 비록 몰락한 왕국이긴 하지만요."

"왕국이라니? 대체 무슨 왕국이기에 다들 물속에서 생선

인어는 정말로 존재할까?

대부분의 과학자들은 인어의 전설에 대해 코웃음을 친다. 듀공이나 해우(바다소) 같은 바다 포유류들이 누워서 새끼에게 젖먹이는 모습을 보고 사람들이 착각했을 거라는 얘기다. 원시문명의 어신(물고기 신) 숭배가 인어라는 상상의 생명체를 낳았다고도 한다. 하지만 런던 자연사 박물관에는 사람 얼굴에 물고기 하반신을 한 30cm 길이의 미라가 있으며, 미국 하버드대 박물관에도 비슷한 미라가 있다. 동화에 나오는 인어는 아니더라도 최소한 어류와 포유류의 중간에 속하는 생물체가 존재할 가능성이 아주 없는 건 아니라는 얘기다.

의 탈을 쓰고 산단 말야?"

이크! 또 실수했다. 생선이라고 하면 안 되는 건데. 노빈손이 미안한 표정으로 눈을 꿈벅거렸다. 말리쟈는 슬픈 미소를 머금으며 천천히 대답했다.

"우린 1만 2천 년 전부터 물속에서 살았어요. 우리 왕국의 이름은……."

"이름은?"

"아틀란티스예요."

오오! 아틀란티스. 가볼레옹이 그토록 찾고 싶어하던 전설의 대륙. 그곳의 후예들이 이곳 대서양의 바다 속에 정말로 존재하고 있을 줄이야…….

노빈손은 망치로 머리를 세게 얻어맞은 듯한 충격을 느끼며 그 자리에 멍하니 서 있었다. 별똥별 하나가 긴 꼬리를 늘어뜨리며 수평선 너머로 떨어져 내렸다.

3

대륙이 가라앉은 이유

플라톤이 남긴 기록은 한 치의 오차도 없이 모두 사실이었다. 지중해 서쪽의 바다(대서양)에 커다란 대륙이 있었다는 것도, 그곳에 고도의 문명을 지닌 신비한 대제국이 존재했다는 것도, 그리고 그 대륙이 불과 하루 밤낮 사이에 바다 밑으로 가라앉아 버렸다는 것도……. 가볼레옹이 찾아 헤매던 아틀란티스는 전설 속의 신기루가 아니라 실제로 세상에 존재하는 비운의 대륙이었던 것이다.

"그런데 말이지."

귀신에 홀린 듯한 표정으로 말리쟈의 애기를 듣던 노빈

바다의 신 포세이돈

포세이돈이 바다의 신이 된 것은 형제인 제우스, 하데스 (플루토)와 함께 세상을 3등 분할 때 그가 맡은 곳이 바다였기 때문이다. 원래는 제우스보다 일찍 태어났지만 어렸을 때 아버지 크로노스에게 잡아먹혔다가 나중에 어른이 된 제우스에 의해 구출되었기 때문에 아우보다 서열이 낮아졌다. 크로노스를 쫓아낸 제우스는 하늘을 차지했고, 포세이돈은 바다를 차지했으며, 하데스는 죽은 자들의 나라인 지하세계, 즉 저승을 차지했다.

손이 문득 의심스러운 표정으로 입을 열었다.

"아틀란티스가 가라앉은 게 정말로 신의 형벌 때문일까? 지진이나 화산 폭발 때문에 그랬을 수도 있잖아. 그건 순전히 자연현상일 뿐인데……."

"그렇지 않아요."

말리쟈는 당치도 않다는 듯 고개를 저으며 노빈손의 말을 중간에 똑 잘라 버렸다. 쳇! 남이 한참 말을 하는데 중간에 끼여들다니. 이제 보니까 말숙이랑 하는 짓이 똑같잖아? 누가 똑같은 '말' 자 돌림 아니랄까 봐. 노빈손은 뾰로통한 표정으로 말리쟈를 쳐다보며 입을 삐죽거렸다.

"그건 분명 신의 형벌이었어요."

"대체 그 신이 누군데?"

"누구긴요. 포세이돈이죠. 당신은 바다를 다스리는 해신(海神) 포세이돈도 몰라요?"

"포세이돈?"

노빈손은 고개를 갸웃하며 기억을 더듬어 보았다. 바다의 신 포세이돈. 그는 신들의 제왕 제우스의 형제이며, 아마존에서 노빈손에게 신탁을 전했던 대지의 여신 가이아의 손주다. 노빈손은 언젠가 그 이름을 만화책에서 읽은 적이 있음을 그제서야 떠올렸다. 아마 『용왕님의 라이벌』이라는 만화였을 거야…….

"그렇다치고, 포세이돈이 왜 아틀란티스를 가라앉혀? 바다의 신이면 신답게 인간들을 잘 돌봐 줘야 되는 거 아냐?"

"처음엔 물론 그랬었죠. 인간들이 전쟁에 미쳐 날뛰기 전까지는."

"전쟁이라구?"

"그래요."

말리쟈는 슬픈 표정으로 밤하늘을 쳐다보았다. 뭔가 아주 가슴 아픈 사연이 서린 듯한 우울한 눈빛이었다. 목소리도 조금 전과는 달리 잔뜩 가라앉아 있었다.

"포세이돈은 아틀라스를 대륙의 첫번째 왕으로 임명했어요. 아틀란티스라는 이름은 바로 그 왕의 이름에서 비롯되었죠. 이 바다의 이름이 아틀란틱(Atlantic : 대서양)이 된 것도 마찬가지구요."

"그래서?"

"아틀라스 이후 오랫동안 우리 왕국은 최고의 전성기를 누렸어요. 풍족한 자원과 뛰어난 과학기술, 그리고 강력한 군사력을 바탕으로 유럽은 물론 리비아와 이집트까지 완전히 장악했죠. 하지만 그게 화근이었어요."

"어째서?"

"아틀란티스인들은 곳곳에서 전쟁을 벌여 식민지를 건설하고 수많은 외국인들을 노예로 삼았어요. 무분별한 사치와 향락이 온 대륙으로 번져 나갔고, 포세이돈 대신 엉터리 신을 섬기는 사람들이 차츰 늘어났죠. 기고만장해진 그들

아들 부자 포세이돈의 장남 사랑

영토 분배를 통해 아틀란티스를 다스리게 된 포세이돈은 그곳에서 클레이토라는 인간을 아내로 맞이하여 다섯 쌍의 아들 쌍둥이를 낳았다(자그마치 열 명!). 그는 아틀란티스를 10등분하여 아들들에게 나눠 주면서 가장 크고 비옥한 땅을 장남인 아틀라스에게 주었다. 아틀라스는 가장 막강한 힘을 가진 '왕중왕'이 되었으며, '아틀란틱(대서양)'이라는 바다 이름과 '아틀란티스'라는 국가 이름도 그로 인해 생겨난 것이다.

태양계의 행성들 중에는 그리스·로마 신화에 등장하는 신의 이름이 붙은 별들이 많다. 해왕성(海王星 : 바다 왕의 별)을 영어로는 '넵튠 (Neptune)' 이라고 하는데, 그건 바로 포세이돈의 로마식 이름이다. 또 명왕성(冥王星 : 저승왕의 별)은 포세이돈의 형제 이름을 따서 '플루토(Pluto)' 라 부른다. 천왕성(天王星 : 하늘왕의 별)에는 제우스 형제의 할아버지이며 대지의 여신 가이아의 남편인 하늘신 '우라누스(Uranus)' 의 이름이 붙어 있다.

은 급기야 온 세상을 깡그리 정복하겠다는 무서운 야심을 품기 시작했어요."

"쯧, 신이 화날 만도 했네 뭐."

"포세이돈은 신전의 제사장을 통해 여러 번 경고를 보냈어요. 더 이상 전쟁을 벌이면 엄청난 벌을 내리겠다구요. 하지만 이미 신을 거역한 사람들에게 그런 경고가 먹혀 들 리 없죠. 결국 그들은 아테네를 정복하기 위해 대규도 함대를 파견했어요. 지중해에서 가장 강한 나라였던 아테네만 수중에 넣으면 더 이상은 상대가 없으리라고 생각했던 거죠."

"그래서 어떻게 됐는데?"

"아테네인들은 필사적으로 저항한 끝에 결국 공격을 막아냈어요. 아틀란티스는 그 전쟁으로 인해 엄청난 피해를 입었죠. 바로 그때 형벌이 시작된 거예요. '평화와 공존' 이라는 신의 뜻을 저버린 인간들에게… 실로 무시무시한 형벌이……."

"그게 바로 대륙의 침몰이었단 말야?"

"그래요."

"저런… 완전히 바벨탑이 따로 없네."

"맞아요. 바벨탑이죠. 신의 뜻을 거역하며 쌓아 올린 바벨탑… 그 탑이 결국 무너졌듯이 아틀란티스의 오랜 영광도 하루아침에 끝장이 나버렸어요."

말리쟈는 한숨을 쉬며 또다시 밤하늘을 올려다보았다. 눈물이 잔뜩 고인 그녀의 눈을 바라보며 노빈손은 포세이돈이 한없이 원망스러워졌다.

바다 속으로

"이제 그만 헤어져야 할 시간이군요."

한동안 입을 다물고 먼 하늘을 우러르던 말리쟈가 고개를 돌리며 말했다. 노빈손은 깜짝 놀란 표정으로 말리쟈를 쳐다보았다.

"헤어지다니?"

"안 헤어지면요? 날더러 여기에서 눌러 살란 말이에요?"

"그게 아니라……."

노빈손은 눈을 꿈벅거리며 황급히 머리를 굴렸다. 아직 궁금한 게 태산만큼 많이 쌓여 있기도 했지만 꼭 그것 때문만은 아니었다. 자기 대신 아틀란티스에 가달라던 가볼레옹의 유언이 아직도 귓가에 생생했던 것이다. 품속에 간직한 가볼레옹의 주머니를 손으로 더듬으며, 노빈손은 간절한 표정으로 말했다.

"저어… 내가 거길 가볼 순 없을까?"

수압은 물의 무게로 인해 생기는 압력이다. 물속의 한 지점에는 전후 · 좌우 · 상하의 모든 방향에서 늘 같은 세기의 힘이 가해지며, 그 힘의 크기는 물의 깊이에 의해 정해지게 된다. 수압은 깊이가 10cm 깊어질 때마다 1㎠당 10g중씩 늘어나는데, 수심 10m에서 작용하는 힘인 1Kg중을 1atm이라고 한다. 세계에서 가장 깊은 북태평양 마리아나 해구(11,034m)의 수압은 무려 1,100atm. 1㎡당 1만 t이 넘는 무시무시한 압력이다.

사람이 생명을 유지하려면 혈액 속의 산소가 몸속 구석구석으로 공급되어야 한다. 하지만 물속에 들어가면 숨을 못 쉬기 때문에 혈액 내부의 이산화탄소 농도가 증가하고, 그런 상태가 오래 지속되면 생명을 잃게 된다. 숨을 참고 잠수할 때 인체에서는 맥박이 느려지는 '서맥 현상'이 일어나며, 뇌나 심장 같은 중요기관으로만 혈액 공급이 집중된다. 고래나 바다표범 같은 수중 포유류들은 서맥 현상 때 혈액순환이 줄어 산소 소모량이 훨씬 줄어들지만 인간은 그렇지 못하기 때문에 오랜 잠수가 불가능하다.

"어딜요?"

"아틀란티스 말야."

"뭐라구요?"

가뜩이나 커다란 말리쟈의 눈이 대합조개처럼 크게 떠졌다. 대체 지금 제정신이냐는 듯한 그런 표정이었다.

이크, 거절하려고? 어림없지. 노빈손은 재빨리 눈동자의 힘을 풀고 자기가 지을 수 있는 가장 불쌍한 표정을 지으며 애원하는 눈빛을 보냈다. 남에게 뭔가를 부탁할 때 종종 사용하는 비장의 카드였다. 말숙이처럼 사나운 애도 이 표정 앞에서는 마음이 약해지는데 말리쟈처럼 착한 아이야 오죽하랴……

아니나 다를까. 처음엔 말도 안 된다는 듯 고개를 젓던 말리쟈의 얼굴에 차츰 고민의 빛이 떠올랐다. 그러길 한참. 결국 말리쟈는 어쩔 수 없다는 듯 한숨을 내쉬며 고거를 끄덕이고 말았다.

"좋아요. 부탁을 들어주죠. 대신!"

"대신?"

"난 당신의 안전을 보장할 수 없으니 알아서 해요."

"안전이라니?"

"아틀란티스인들은 지난 1만 년간 철저히 우리의 존재를 숨겨 왔어요. 만일 당신이 외부인이라는 게 들통 나면 사람들이 가만있지 않을 거예요."

“……..”

　노빈손은 잠시 눈을 감고 생각에 잠겼다. 자칫하다간 까마득한 물속에서 쥐도 새도 모르게, 아니 쥐치도 새치도 모르게 제거될지도 모를 일이었다. 하지만 세상의 어떤 위험도 노빈손의 모험심을 잠재울 수는 없었다. 잠시 후, 노빈손은 눈을 번쩍 뜨고 비장한 표정으로 말했다.

　“걱정 마. 내 몸은 내가 지킬 테니까.”

　“좋아요. 그럼 가요.”

　“그런데…….”

　노빈손은 문득 걱정스런 표정으로 말끝을 흐렸다.

　“왜요?”

　“너희야 오랫동안 물속에서 살았으니 괜찮겠지만 난 어떡해? 그 깊은 물속에 들어갔다간 수압 때문에 완전히 쥐포가 될 텐데. 게다가 물속에선 숨을 쉴 수도 없잖아.”

　“호호— 걱정 말아요.”

　어떻게 걱정을 안 해? 노씨 가문의 외아들이 졸지에 건어물이 될 판인데. 노빈손이 도살장에 끌려 들어가는 소처럼 근심스러운 표정을 짓자 말리쟈가 웃으며 말했다.

　“일단 도시 내부로 들어가면 거기서부터는 수압이 작용하지 않아요. 압력을 흡수하는 특수 액체가 도시 주변에 흐르고 있거든요.”

　“그게 말이 돼?”

훈련을 받지 않은 보통 사람이 숨을 참고 잠수할 수 있는 깊이는 3~5m이며 시간도 1~2분에 불과하다. 직업적인 다이버나 해녀들의 경우 최대 20m에서 2~3분간 숨을 참을 수 있다. 이론적으로는 50m 이상 잠수할 경우 흉곽이 찌그러들어 사망하게 된다는 게 정설이다. 하지만 쿠바의 피핀은 1966년에 130m 깊이에서 2분18초간 잠수하는 불가사의한 기록을 세웠다. 보통 사람들은 꿈도 꿀 수 없는 놀라운 기록이다.

스쿠버 다이버들은 얼마나 깊이 잠수할까?

스쿠버 장비를 이용하면 맨 몸일 때보다 훨씬 깊이 잠수할 것 같지만 실제로는 그렇지 않다. 압축공기를 들이마시는 과정에서 몸속에 쌓이는 질소 때문이다. 깊은 물 속에 들어갔다가 물 위로 올라오면 갑작스런 압력 변화로 인해 몸속 질소들이 공기 방울로 변하게 되고, 그게 뇌나 척추에 닿으면 목숨을 잃을 수도 있다. 스쿠버 다이빙의 한계는 보통 30~40m이며, 그 이상 내려가는 전문 다이버들은 '잠수병' 예방을 위해 잠수 전후에 수십 일간 적응 기간을 거쳐야 한다.

"말이 돼요. 아틀란티스에서는."

"하지만 거기까지 가기도 전에 납작해져 버릴 텐데?"

"괜찮아요. 도시 입구까지는 잠수정을 타고 갈 거니까."

"잠수정이라니?"

"우린 늘 잠수정을 타고 바다 속을 돌아다녀요. 헤엄치는 것보다 힘도 덜 들고 속도도 훨씬 빠르니까요. 아틀란티스인들은 원래 땅 위에서 살 때부터 잠수정으로 바다 속을 드나들었어요."

"에이, 설마. 그 까마득한 옛날에 무슨 잠수정이 있었다고… 그거 뻥이지?"

"흥! 아틀란티스가 신비의 문명국가였다는 사실을 벌써 잊었나 보죠?"

말리쟈는 약간 심통이 난 표정으로 다가오더니 다짜고짜 노빈손의 등을 떠밀었다.

"으왓—."

기습을 당한 노빈손은 잠시 팔을 버둥거리다가 그만 바다 속으로 풍덩 빠져 버렸다. 짠 물을 잔뜩 들이켠 노빈손의 멍멍한 귀에 말리쟈의 웃음소리가 까르르 들려 왔다.

"꽉 잡아요. 이제 출발이에요."

두 개의 몸뚱이가 대서양의 해저를 향해 하강하기 시작했다. 하나는 인어처럼 날렵한 말리쟈, 그리고 또 하나는 해파리처럼 흐느적거리는 노빈손이었다.

신비롭고 경이로운 해양 생태계

　과학자들은 바다 속에 최소 1천만 종에서 많게는 1억 종의 생물들이 살고 있으리라고 추측한다. 신기한 건 그 많은 생물들이 어떻게 다들 굶어죽지 않고 살아가느냐는 것. 물론 큰 녀석들이 작은 녀석들을 잡아먹고 살겠지만 문제는 살코기가 아니라 생명활동에 반드시 필요한 유기물(포도당과 아미노산)이다.

　그 유기물들은 오로지 식물만이 만들어낼 수 있다. 동물이 그걸 섭취하려면 식물을 먹거나 아니면 식물을 먹은 동물을 먹어야 한다. 육지의 먹이사슬은 식물─초식동물─육식동물의 순서로 이어지며, 바다에선 크기가 겨우 1천 분의 1mm에 불과한 식물성 플랑크톤이 먹이사슬의 출발점이 된다.

　그런데 식물성 플랑크톤은 광합성을 통해 유기물을 만들기 때문에 햇빛이 닿지 않는 200m 이상의 깊은 바다에선 살지 않는다. 따라서 해저의 생물들은 평생 식물성 플랑크톤의 그림자도 구경할 수 없다. 게다가 식물성 플랑크톤이 그 유기물을 생산하는 데 반드시 필요한 재료인 질소(N)와 인(P)은 또 거꾸로 녀석들이 살 수 없는 깊은 해저에 집중적으로 몰려 있다.

　생각할수록 알쏭달쏭한 생태계의 모순. 해양생물들은 이런 문제점을 대체 어떤 방법으로 해결하고 있는 것일까?

윗동네에서 아랫동네로 내려가는 방법

　식물성 플랑크톤은 육지 식물들과 마찬가지로 광합성에 필요한 엽록소를 갖고 있으며, 물에 녹아 있는 이산화탄소·인·질소

등을 결합하여 포도당과 아미노산을 만들어낸다. 윗동네인 수층(바다 위쪽)에서 살아가는 생물들은 별 문제가 없지만 아랫동네인 해저에서 살고 있는 생물들에겐 누군가가 윗동네의 유기물을 운반해 주어야 한다. 그 첫번째 운반수단은—좀 지저분하긴 하지만—다름 아닌 '똥'이다.

식물성 플랑크톤의 1차 섭취자인 동물성 플랑크톤의 배설물에는 식물성 플랑크톤이 잔뜩 섞여 있다. 대부분의 배설물은 해저로 가라앉는 도중에 다 녹아 버리지만 '요각류'라는 동물성 플랑크톤의 똥은 견고하고 투명한 막으로 둘러싸여 있기 때문에 전혀 녹지 않고 바다 밑바닥까지 내려간다. 수천 m 깊이를 '원형 그대로' 잠수하는 이 배설물을 통해 윗동네의 식량들이 아랫동네로 전달될 수 있는 것이다.

두 번째 운반수단은 지저분할 뿐 아니라 약간 으시시한 '똥+시체'다. TV에서 해저세계 다큐멘터리를 보면 눈송이 같은 하얀 물체들이 무수히 떠다니는 모습을 흔히 볼 수 있는데, 그건 사실은 눈송이가 아니라 식물성 플랑크톤의 시체와 다른 생물들의 배설물이 뒤엉킨 것이다. 보통 '해저 눈발'이라고 불리는 이 부유물질을 통해 수층의 식물성 플랑크톤이 생산한 유기물의 약 10%가 해저로 전달된다.

세 번째 운반수단은 크릴새우. 녀석들은 낮에는 윗동네로 올라와 식물성 플랑크톤을 잔뜩 먹어치우고 밤이 되면 해저로 내려간다. 몸 속에 유기물을 담고 다니는 '살아 있는 창고'인 셈이다. 크릴새우를 잡아먹고 사는 해저 생물들은 맛있는 새우고기를 먹으면서 귀한 유기물까지 덤으로 섭취할 수 있다.

수층의 유기물은 이와 같은 3가지 경로를 통해 해저로 전달된다. 전체 바다의 5%에 불과한 수층에서 생산된 유기물이 나머지 95% 지역의 생물들까지 죄다 먹여살리고 있는 것이다. 식물성 플랑크톤이 만들어내는 유기물은 1년에 무려 1백억 t. 육지 식물 전체의 생산량과 맞먹는 엄청난 양이다.

아랫동네에서 윗동네로 올라오는 방법

식물성 플랑크톤의 광합성과 유기물 생산에 반드시 필요한 질소와 인은 대부분 깊은 바다 속에 녹아 있다. 해저의 박테리아가 윗동네에서 내려온 유기물을 분해하여 질소와 인을 만들어내기 때문. 그 물질들이 다시 수층으로 전달되지 않으면 식물성 플랑크톤은 더 이상 유기물을 생산할 수 없고, 바다의 먹이사슬과 생태계도 하루아침에 망가질 수밖에 없다.

엄청난 수압이 작용하고 있는 바다 속에서 질소와 인이 그 압력을 뚫고 위쪽으로 올라오는 비결은 뭘까? 정답은 75쪽에서 잠시 설명한 바 있는 '용승 현상'이다. 바람에 의해 밀려간 바닷물을 채우기 위해 아래쪽 물이 위로 솟구치는 과정에서 해저의 질소와 인이 끊임없이 수층으로 전달되고 있는 것이다.

용승 현상의 대표적 장소인 페루 앞바다는 '녹색 바다'라 불릴 정도로 식물성 플랑크톤이 풍부한 곳이다. 해저에서 엄청난 양의 질소와 인이 올라오기 때문에 식물성 플랑크톤의 양도 그만큼 많아지게 되는 것이다. 그러다 보니 식물성 플랑크톤을 먹고 사는 다른 생물들도 덩달아 많아지며, 특히 멸치의 경우엔 전세계 어획량의 1/4이 이곳에서 잡힌다.

　　수층에서 해저로 내려가는 유기물. 그리고 해저에서 수층으로 올라오는 질소와 인. 위아래를 하나로 잇는 이 신비하고 경이로운 유통체계가 없다면 바다엔 단 하나의 생명체도 존재할 수 없을 것이다. 바다와 바람과 생물들이 모두 참여하는 이 거대한 시스템이야말로 바다를 생명의 공간으로 만들어 주는 일등공신이라고 할 수 있다.

수중 인간들의 잠수정

잠수정은 그리 깊지 않은 곳에 있었다. 커다란 창문이 여러 개 나 있는 둥근 잠수정이었다. 노빈손은 마치 수사반장 같은 폼으로 이곳저곳을 둘러보기 시작했고, 말리쟈는 미소를 지으며 그 뒤를 따랐다. 발 대신 꼬리지느러미로 땅을 딛고 걷는 탓에 약간 뒤뚱거리긴 했지만 나름대로 귀여운 걸음걸이였다.

"우아, 신기하다. 『해저 2만 리』에 나오는 거랑 똑같이 생겼잖아?"

"보나마나 그 책도 만화책이었겠죠?"

"만화책이 어때서? 남자란 모름지기 다섯 수레의 만화책을 읽어야 해. 난 하루라도 만화책을 안 보면 입안에 가시가 돋는다구."

"쯧쯧."

말리쟈는 걱정된다는 듯 혀를 끌끌 차며 노빈손을 작은 방으로 안내했다. 형형색색의 산호와 조개 껍질로 예쁘게 꾸며진 방이었다.

"일단 변장을 해야 돼요."

"변장이라니? 얼굴 말야?"

"얼굴은 우리랑 비슷하니까 안 해도 돼요. 특히 당신은

최초의 잠수함은 알렉산더 대왕의 유리통

잠수함을 처음 고안한 사람은 고대 그리스의 철학자 아리스토텔레스(기원전 384~322)였다. 그는 종처럼 생긴 커다란 밀폐 기구를 타고 물 밑으로 내려가면 그 안에 들어 있는 공기로 숨을 쉬며 물속을 관찰할 수 있으리라고 생각했다. 그의 제자인 마케도니아의 알렉산더 대왕은 실제로 기원전 333년에 유리로 만든 '다이빙 벨(Diving Bell)'이라는 통을 타고 세계 최초로 에게해 밑바닥을 탐사했다고 한다. 물론 믿거나 말거나지만.

배 모양을 한 잠수함을 최초로 발명한 사람은 독일의 반 드레벨. 그는 1620년에 런던의 템스 강에서 영국 국왕 제임스 1세와 수많은 군중들이 지켜보는 가운데 나무로 된 배에 짐승 가죽을 씌운 잠수함으로 3m 깊이의 물 속을 잠수하는 데 성공했다. 1774년엔 존 데이라는 미국인이 메사추세츠 플리머스 항에서 자기가 제작한 잠수함을 타고 잠수했지만 다시 물 위로 떠오르는 데 실패함으로써 세계 최초의 잠수함 사고 희생자가 되었다.

머리카락이 거의 없기 때문에 남들이 봐도 외부인인 줄 모를 거예요. 하지만 다리는……."

말리쟈는 말을 하다 말고 노빈손의 두 다리를 위아래로 훑어보았다. 앗? 왜 남의 다리를 훔쳐보는 거야? 응큼하게시리. 뭐라고 타박을 놓으려던 노빈손이 문득 입을 다물었다. 말리쟈의 눈빛이 왠지 우울해 보였기 때문이다. 다리를 잃어버린 제 종족의 운명이 새삼 슬프게 느껴지는 모양이었다.

"다리를 보면 금방 들통이 나니까 감춰야 돼요."

"다리를 어떻게 감춰?"

"치마로 감춰야죠."

"치마라니?"

"아틀란티스인들은 남자건 여자건 치마를 입어요. 다리가 붙어 버렸으니까 바지는 입을 수가 없잖아요."

"이상하네. 물속에서 뭐하러 옷을 입을까?"

"그건… 퇴화해 버린 다리를 어떻게든 감추고 싶기 때문이에요."

말리쟈의 눈빛이 또다시 슬픔으로 일렁거렸다. 노빈손은 새삼 말리쟈가 가엾게 느껴져 뭐라 대꾸를 하지도 못하고 가만히 고개를 끄덕였다. 잠시 후, 말리쟈는 누군가를 부르려는 듯 가볍게 손뼉을 쳤다.

"날라리야!"

“네, 공주님.”

“이분에게 치마를 입혀 드리렴.”

“네에—.”

뚝배기가 갈라지는 듯한 탁한 목소리가 방문 밖에서 들려왔다. 거 누군지 목소리 한번 걸걸하네. 완전히 말숙이 목소리를 빼닮았잖아? 게다가 이름이 뭐? 날라리야라구? 세상에 어쩌자고 사람 이름을 그렇게 희한하게 지었을까. 황당한 표정으로 문 쪽을 쳐다보던 노빈손이 느닷없이 숨넘어가는 소릴 질러 댔다.

“허거걱!!”

“왜 그래요?”

“으으으… 마, 말숙이다…….”

노빈손은 다리를 후들거리며 뒤로 주춤주춤 물러섰다. 세상에나! 시녀의 얼굴이 놀랍게도 말숙이를 쌍둥이처럼 쏙 빼닮았던 것이다. 멍한 얼굴로 눈을 꿈벅거리는 노빈손에게 날라리야가 굵은 하체를 흔들며 뒤뚱뒤뚱 다가왔다. 이상하게도 그녀는 마치 멋진 흑기사를 만난 소녀처럼 황홀한 표정을 짓고 있었다.

“멋진 도련니임—.”

“으으—.”

“소녀를 따라오시와용.”

“으으으—.”

노빈손은 신음을 내뱉으며 휘청휘청 날라리야를 따라갔다. 그녀의 표정이나 말투로 봐서 노빈손에게 첫눈에 반해 버린 게 분명했다. 대체 왜 저렇게 생긴 여자들은 하나같이 날 좋아하는 거야? 한국의 말숙이도, 아마존의 모질라네도, 그리고 아틀란티스의 날라리야도… 삼신 할머니가 뭔가 단단히 실수를 하신 게 분명하다니깐.

노빈손을 옆방으로 인도한 날라리야는 벽에 가득 걸려 있던 치마들 중에서 가장 화려해 보이는 알록달록한 롱스커트를 꺼내 들었다. 질긴 해초로 실을 짜서 만든 그 치마의 밑단에는 탁구공만큼이나 크고 굵은 진주들이 촘촘하게 박혀 있었다.

"입으시와용."

"예? 예에."

"어머머? 공주님 친구 분이 시녀에게 존댓말을 하시면 어떡해용? 호호호—."

"아, 알았네."

"소녀가 입혀 드릴까용? 일단 바지부터……."

"으악—."

날라리야가 제 바지를 벗겨 버릴 기세로 성큼성큼 다가오자 노빈손은 기겁을 하며 손을 휘휘 내저었다. 그러고는 치마를 뺏어 들고 잽싸게 뒤로 돌아서며 황급히 소리를 질러 댔다.

"냉큼 저리 물렀거라아—."

1만 년의 형벌

잠수정의 창문 밖으로 내다보이는 바다 속 풍경은 이루 표현할 수 없을 정도로 아름답고 신비했다. 수천 수만 마리씩 짝을 지어 다니는 크고 작은 물고기 떼, 형형색색으로 빛나며 이리저리 물살에 흔들리는 해초와 산호. 가끔은 집채만큼 큰 물고기가 입을 뻐끔거리며 창문 옆으로 다가오기도 했다. 노빈손은 쉴새없이 탄성을 질러 대며 그 꿈결

해저 1만 m를 탐사한 사나이들

소형 잠수정은 덩치 큰 잠수함보다 훨씬 깊은 잠수가 가능하다. 1960년에 프랑스의 피카르 박사와 미국의 월시 대위는 잠수정 '트리에스테 호'를 타고 세계에서 가장 깊은 북태평양 마리아나 해구의 챌린저 해연(11,034m)으로 내려갔다. 2t짜리 강철 추를 매달고 바닥까지 내려가는 데 4시간 48분. 바닥에 머문 시간은 20분. 그리고 추를 떼낸 뒤 다시 올라오는데 3시간 17분. 왕복 22Km에 걸친 트리에스테의 항해는 해양 탐사 역사상 최고의 업적으로 평가되며, 그 기록은 아직도 깨지지 않고 있다.

레이저조차 삼켜 버리는 해저의 암흑

수심 200m까지는 희미하게나마 햇빛이 닿지만 그 밑으로 내려가면 빛이라고는 단 한 줌도 존재하지 않는 완벽한 암흑 세계. 라이트 불빛도 10m 이상 나아가지 않으며, 가장 투과력이 강하다는 레이저 빛을 이용해도 30~40m 이상은 식별할 수 없다. 전파 역시 물속에서는 에너지가 급격히 감소하므로 거의 무용지물이다. 하지만 음파는 그보다 훨씬 멀리까지 전달되기 때문에 잠수정들은 탐사나 통신을 할 때 대부분 초음파를 이용한다.

같은 해저 풍경을 감상하고 있었다.

수심이 깊어지면서 주위가 차츰 어두워지기 시작했다. 하지만 칠흑 같은 어둠 속에서도 잠수정은 조금도 멈칫거리지 않고 빠른 속도로 밑으로 내려갔다. 선체 곳곳에 박혀 있는 커다란 보석에서 강렬한 빛이 사방으로 뿜어져 나오고 있었던 것이다. 아틀란티스인들은 그 보석을 잠수정의 헤드라이트로 사용하는 모양이었다.

"그런데 말야."

노빈손이 한참 만에 입을 열었다.

"너희들은 언제부터 그렇게 모습이 바뀌게 된 거지? 육지로 나올 수도 있었을 텐데, 왜 여태 바다 속에서만 산 거야? 그리고, 지난번에 그 싸우리우스인지 뭔지 하는 깡패가 날 쫓아오다가 중단한 이유는 대체 뭐지? 아참, 버뮤다 해역의 실종사건들은 너희랑 관계가 있는 건가? 그리고……."

"그만!"

"왜 그래, 또?"

"한 가지씩 물어요. 그렇게 한꺼번에 물어보면 어떻게 대답을 하란 말이에요? 내가 뭐 입이 대여섯 개쯤 되나요?"

말리쟈는 가볍게 눈을 흘긴 다음, 다시 바다 쪽으로 눈길을 돌렸다. 어디에서부터 어떻게 대답을 해야 할지 막막한 모양이었다. 한동안 뭔가 생각하던 그녀는 눈길을 바깥에 고정시킨 채 천천히 입을 열었다.

"그래요. 아틀란티스인들은 충분히 그럴 만한 능력이 있었죠. 비록 대륙이 침몰할 때 대부분의 시민들이 죽긴 했지만, 살아남은 사람들은 어떻게든 육지로 나오고 싶어했어요. 잠수정을 타고 조금만 항해를 하면 동쪽의 유럽이나 서쪽의 아메리카로, 아니면 최소한 작은 섬으로라도 갈 수 있었겠죠."

"그런데 왜?"

"신의 뜻이었으니까."

"신이라면… 포세이돈?"

"맞아요. 지진이 일어났을 때 사람들은 울며 불며 신에게 기도했어요. 뒤늦게 잘못을 깨닫고 참회를 했던 거죠. 하지만 신은 냉정했어요. 앞으로 두 번 다시 육지를 밟아서는 안 된다… 바로 그게 신이 제사장을 통해서 내린 마지막 명령이었어요."

"쳇, 정말 너무하네. 나 같으면 봐준다."

"난 이해해요. 그만큼 노여움이 컸던 거겠죠."

"이해한다구? 1만 년이 넘게 물속에서 살았는데? 니가 무슨 성인군자라고……."

"당신은 몰라요. 내 조상들이 전쟁놀음을 하면서 얼마나 많은 사람들을 고통에 빠뜨렸는지. 그들은 부모 앞에서 자

빛도 없고 산소도 없는 해저에 생명체가 존재한다는 게 처음 알려진 건 영국 왕립학술원이 심해생명체 연구에 착수한 1872년. 대서양–인도양–태평양을 3년간 오가며 조사를 벌인 '챌린저호'의 그물망엔 듣도 보도 못했던 무수한 해저 생물들이 걸려 올라왔다. 특히 깊이 5,720m의 하와이 앞바다에서 낚은 아귀는 '해저=죽음의 공간'이라는 오랜 믿음을 여지없이 무너뜨려 버렸다. 놀라운 건 마리아나 해구(11,034m)에서도 넙치와 새우가 발견되었다는 사실.

식을 죽였고, 남편 앞에서 아내를 납치했고, 사람들이 피땀 흘려 모은 재산을 깡그리 약탈했어요. 우릴 가두고 있는 바다는 어쩌면 바다가 아닐지도 몰라요. 아틀란티스인들 때문에 사람들이 흘린 피와 눈물일지도 모른다구요. 그토록 무지막지한 죄를 지었는데 신인들 쉽게 용서하겠어요?"

"하지만……."

말문이 막힌 노빈손은 하릴없이 눈만 멀뚱거렸다. 그래도 나 같으면 진작에 용서했을 거 같은데…….

말리쟈는 힘없이 고개를 저으며 다시 말을 이었다.

"결국 생존자들은 육지로 가는 걸 포기했어요. 그리고 물속에서 사는 길을 택했죠. 고통스러워도 그것만이 유일한 길이었어요."

"……."

"그들은 잠수정을 타고 바다를 오르내리며 힘겹게 삶을 이어갔죠. 그러는 사이에 사람들의 몸도 차츰 변하기 시작했어요. 산소가 없는 물속에서도 호흡을 할 수 있게 되고, 물고기처럼 능숙하게 헤엄을 칠 수 있게 되고, 어지간한 깊이에선 잠수정 없이도 버틸 수 있게 되고… 물론 그 대신 머리카락과 다리와 발을 잃었지만요."

"그럼 지금처럼 변한 게 일종의 진화란 말야?"

"글쎄? 진화일까 아니면 퇴화일까… 잘 모르겠네요. 그냥 수중 생활에 적응한 거라고 해두죠, 뭐."

말리쟈는 힘없이 미소를 지으며 힐끗 아래를 내려다보았다. 월남치마 같은 롱스커트 밑으로 노빈손의 두 발이 삐죽이 나와 있었다. 노빈손은 자기가 두 다리와 두 발을 지니고 있다는 게 왠지 미안하게 느껴져서 슬며시 치마 속으로 발을 집어넣었다. 그러자 말리쟈가 고개를 끄덕이더니 기특하다는 듯 말했다.

"잘했어요."

"뭐가?"

"아까부터 발에서 꼬랑내가 났단 말이에요."

인간은 체온이 일정한 항온 동물이지만 물고기는 환경에 따라 체온이 변하는 변온 동물이다. 사람은 폐로 호흡을 하지만 물고기는 아가미를 이용해 산소를 섭취한다. 일단 아가미를 닫고 입으로 물을 마신 다음 입을 닫고 아가미를 열면 물속의 산소가 아가미 세포 속으로 흡수된다. 그 산소가 핏줄을 타고 흐르며 몸 곳곳으로 공급되는 것이다. 이는 오랫동안 물속 환경에 적응해 온 진화의 결과이며, 그 기간은 약 4억 5천만 년에 이른다.

아틀란티스의 삼팔선

"이젠 다른 질문에 대답해 봐. 그 싸우리우스라는 놈은 대체 뭐야? 그리고 경계선은 또 뭐고?"

발을 닦고 온 노빈손이 치마 밑단으로 물기를 대충 닦으며 물었다. 말리쟈는 이번에도 잠시 생각을 정리하는 듯하더니 우울한 표정으로 얘기를 시작했다.

"그 얘기를 하려면 좀 복잡해요. 일단 아틀란티스가 가라앉은 뒤의 사건들을 먼저 알아야 하거든요."

"무슨 사건들인데?"

113

전화선 공사에서 시작된 해저 지형 탐사

바다 밑의 지형에 대한 연구는 19세기에 처음 시작되었는데, 그 출발점은 엉뚱하게도 전화선 공사였다. 19세기 중반에 전보와 전화가 발명되자 미국 해군은 대서양을 횡단하여 미국과 영국을 연결하는 전화 케이블을 설치하기 위해 수심 측정에 나섰다. 닻을 내린 다음 밧줄 길이로 수심을 잰 결과, 바다 밑은 의외로 울퉁불퉁했고, 이상하게도 중앙부보다 가장자리의 수심이 더 깊었다. 그 이유는 약 1백 년 뒤에야 비로소 밝혀진다.

노빈손은 역사 만화를 보는 듯 흥미진진한 표정으로 말리쟈의 얘기에 귀를 기울였다. 한편으론 흥미진진하고 또 한편으론 안타까운 아틀란티스의 역사. 말리쟈가 털어놓은 얘기는 대략 이런 것이었다.

물속에 갇힌 채 신의 용서를 기다린 지 5천 년. 아틀란티스인들 사이에선 차츰 신에 대한 원망이 싹트기 시작했다. "신이 우리를 용서하지 않는다면 우리가 먼저 신을 거역하자"는 과격한 주장을 하는 사람들이 점점 늘어났다.

신의 뜻을 지키려는 세력과 신을 거역하려는 세력은 한동안 티격태격하다가 결국 정면으로 충돌하고 말았다. 길고 지루한 1백 년의 내전이 시작된 것이다.

그 옛날 조상들이 벌였던 전쟁보다 훨씬 더 참혹하고 비극적인 동족들끼리의 전쟁이었다.

전쟁이 좀처럼 끝날 기미를 보이지 않자 결국 양측은 휴전 협정을 맺었다. 대서양을 남북으로 가로지른 '대서양 중앙 해령'을 중심으로 동아틀란티스와 서아틀란티스로 갈라져 살아가게 된 것이다. 동쪽은 신의 용서를 기다리는 사람들, 그리고 서쪽은 신에게 반기를 든 사람들의 땅이었다.

"그랬구나……."

정말로 만화 같은 일들이었다. 특히 대서양 밑바닥에 북극에서 남극까지 이어지는 긴 산맥이 있다는 건 노빈손으로서는 생전 처음 듣는 얘기였다. 평평한 줄로만 알았던 바다 밑에 그런 어마어마한 산맥이 있을 줄이야.

"그때 이후 아틀란티스는 줄곧 분단 상태에 있어요. 난 동아틀란티스의 공주고 싸우리우스는 서아틀란티스의 왕자예요."

"그럼 녀석이 추격을 멈춘 그곳이 바로?"

"그래요, 바로 거기가 경계선이죠. 누구든 경계선을 침범하면 곧바로 상대방 도시에 경보가 울리고 군대가 출동하게 되어 있어요."

"그랬구나… 완전히 해저의 삼팔선이네."

"더 슬픈 건, 휴전한 지 5천 년이 훨씬 지난 지금까지도 양쪽이 여전히 원수처럼 지내고 있다는 점이에요. 틈만 나면 서로 헐뜯고, 사사건건 트집을 잡고, 상대의 말이라면 콩으로 메주를 쑨다고 해도 전혀 믿질 않죠. 다시 전쟁이 터질 뻔한 아슬아슬한 상황도 헤아릴 수 없을 정도로 많았구요."

"쯧쯧, 양쪽 다 문제야. 그래 가지고서야 어디……."

노빈손은 혀를 차다 말고 그만 말꼬리를 흐리며 입을 다물어 버렸다. 지금 아틀란티스인들을 흉보고 있을 때가 아니라는 생각이 들었던 것이다. 대체 뭐 좋은 거라고 그렇게 하나부터 열까지 우리나라랑 똑같을까…….

히말라야쯤은 우습다! 대서양 중앙 해령

북극해의 아이슬란드에서 시작하여 남극대륙에 이르기까지 대서양을 세로로 길게 2등분하며 뻗어내린 대서양 중앙 해령의 길이는 약 11,000Km. 히말라야와 록키 산맥과 안데스 산맥을 다 합친 것보다도 더 긴 어마어마한 산맥이다. 중앙 부분의 높이는 약 4Km로 백두산의 1.5배이며, 봉우리 중심부에는 깊이 2Km에 폭이 최대 50Km나 되는 V자형 계곡이 길게 파여 있다.

"홍보는 게 당연해요. 서로 똑같으니까 그렇게 오랫동안 아웅다웅 싸운 거죠. 손바닥도 마주쳐야 소리가 나는 법이 니까요. 지금도 양쪽 도시에서는 끊임없이 무시무시한 무 기들이 새로 개발되고 있어요. 경계선 부근에 배치해 둔 수 중지뢰의 개수만 해도 아마 바닷가의 모래알만큼 많을 거 예요."

"육지로 나가고 나면 쓸 데도 없을 쇳덩어리들을 뭐하러 그렇게 많이 만들어? 바다 속엔 엿장수도 없을 텐데."

"그렇지 않아요."

"엥? 그럼 엿장수가 있단 말야?"

"그게 아니라, 나중에도 그 무기들은 여전히 쓸 데가 있 다는 뜻이에요."

"그걸 어디에 쓰려구?"

"당신은 아틀란티스인들이 기를 쓰고 육지로 나가려는 이유가 뭔지 알아요?"

"그야… 바다에 워낙 오래 갇혀 있었으니까 답답해 서……."

"그 대답은 50점짜리밖에 안 돼요."

"그럼 나머지 50점은?"

"그건……."

말리쟈는 이번에도 선뜻 말을 꺼내지 못하고 잠시 머뭇 거렸다. 슬픔과 부끄러움이 뒤섞인 복잡한 표정이 잠시 얼굴을 스치고 지나갔다. 잠시 후 그녀가 꺼낸 대답은 실로 상상을 초월하는 놀라운 것이었다.

"정복이에요."

"뭐라구?"

"아틀란티스인들은 다시 전쟁을 일으켜서 세계를 지배하고 싶어해요. 그 옛날 아틀란티스를 광기로 몰고 갔던 정복욕을 아직도 버리지 못한 거죠. 아니, 오히려 지금이 더 심해요. 1만 년간 물속에 갇혀 살면서 싹튼 원한과 증오가 정복욕을 부채질하고 있거든요."

"말도 안 돼. 옛날이면 또 모를까. 세상에 무시무시한 무기들이 얼마나 많은데. 핵무기에 미사일에 로켓에……."

"그 정도는 약과예요."

엥? 약과라구? 이게 무슨 제삿상에 약과 떨어지는 소리냐. 노빈손은 뚱한 표정으로 말리쟈를 쳐다보았다. 애가 혹시 핵무기가 뭔지 모르는 거 아냐? 하지만 말리쟈의 말투는 몹시 단호했다.

"원자력이나 방사능은 아틀란티스에선 아주 평범한 에너지에 불과해요. 아틀란티스인들은 이미 수백 년 전에 지금 인류가 갖고 있는 것보다 수십 배나 강한 핵무기를 만들어 냈죠. 그뿐인 줄 알아요? 적의 레이더나 위성을 무력화시킬 수 있는 강력한 방해 전파도 갖고 있어요. 당신은 아틀란티스의 수중 도시와 잠수정들이 현대인들의 탐사 레이더

해저 산맥의 총 길이는 6만 5천 Km

대서양 중앙 해령의 존재를 확인한 과학자들은 곧바로 태평양과 인도양으로까지 조사를 확대했다. 약 20여 년에 걸친 오랜 조사 끝에 1977년에 완성된 해저 지형도에 의하면 해저 산맥은 전체 바다(3대양)에 걸쳐 고리 모양으로 길게 이어져 있으며, 총 길이는 무려 6만 5천 Km로 지구 둘레의 1.5배에 이른다. 해저 산맥의 계곡은 지구 내부 에너지(용암)의 분출구이며, 해저 지진 발생 지점들을 선으로 연결하면 해저 산맥의 모양과 정확히 일치한다.

에 걸리지 않는 이유가 뭐라고 생각해요?"

"……."

"그런 건 아틀란티스가 가진 능력들 중 그야말로 빙산의 일각에 불과해요. 비록 포세이돈의 엄청난 권능에 비하면 보잘것없지만……."

"포세이돈이라구?"

"서아틀란티스인들은 지금껏 수도 없이 육지로의 탈출을 시도했어요. 하지만 포세이돈이 일으킨 거대한 해일에 휩쓸려 번번이 실패했죠. 아틀란티스인들의 세계 지배를 막고 있는 건 인류의 방어 능력이 아니라 오로지 포세이돈의 힘이라구요. 알겠어요?"

노빈손은 할말을 잊고 멍하니 말리쟈의 얼굴을 들여다보았다. 세상에 이런 만화영화 같은 일이 버젓이 존재하고 있을 줄이야. 이제 보니 인류의 적은 외계의 행성에 있는 게 아니라 바다 속에 있었구나. 만에 하나 그들이 끝내 신을 거역하고 육지로 진출한다면?

으으— 노빈손의 등에 갑자기 소름이 오싹 끼쳐 왔다. 아름답던 바다가 마치 괴물의 뱃속처럼 무시무시하게 느껴지기 시작했다.

버뮤다의 진실

이제 노빈손이 아까 했던 질문들 중 남은 건 하나뿐이었다. 노빈손은 내심 짐작을 하면서도 아니기를 간절히 바라는 마음으로 조심스레 말을 꺼냈다.

"버뮤다는… 서아틀란티스인들의 짓인가?"

말리쟈 역시 그게 아니었으면 좋겠다는 듯한 표정으로 무겁게 고개를 끄덕였다.

"맞아요."

"그랬군. 혹시나 했었는데……"

노빈손은 막막한 기분으로 천장을 올려다보았다. 날아가는 비행기를 떨어뜨리고 거대한 배를 침몰시킬 정도라면 대체 그들의 능력의 한계는 어디일까. 노빈손은 그 와중에도 문득 커다란 궁금증이 솟아올랐다. 대체 어떤 방법을 썼기에 흔적도 없이 그런 짓을 저지를 수 있었던 걸까?

"어떻게 한 거야?"

"뭐가요?"

"그 사건들을 어떻게 일으킨 거냐구. 설마하니 새총으로 비행기를 쐈을 리도 없고. 아니면… 커다란 자석으로 끌어당겼나?"

"공부 못하는 사람답게 황당한 얘기만 골라서 하는군요."

"끄응—."

노빈손은 마치 치통 환자 같은 신음소리를 내며 눈을 부라렸다. 대체 반에서 몇 등이나 하기에 걸핏하면 공부 타령을 하는 거야? 말리쟈는 마치 노빈손의 마음을 읽기라도 한 것처럼 단호한 목소리로 못을 박았다.

"난 왕립학교에서 맨날 일등만 했어요. 그러니까 쓸데없는 트집 잡을 생각일랑 아예 하지 말라구요."

"……."

말리쟈의 한마디는 확실히 효과가 있었다. 노빈손이 더 이상 대꾸를 하지 못하고 입을 꾹 닫아 버렸던 것이다. 말

리쟈는 피식 웃으며 이번엔 약간 친절한 목소리로 버뮤다
의 비밀을 털어놓기 시작했다.

"가스예요."

"가스라니?"

"버뮤다 삼각해역의 밑바닥엔 거대한 가스층이 있어요.
메탄가스 분자들이 물과 섞인 채 고체가 되어 얼음처럼 맺
혀 있죠. 가만… 혹시 못 알아듣는 거 아냐? 아무리 공부를
못해도 설마하니 이 정도는 알아듣겠죠?"

"다, 당근이지. 다 알아듣는다구."

"좋아요. 그럼 맞혀 봐요. 만일 그 가스층이 분해되어 한
꺼번에 바다 위쪽으로 솟구친다면 어떻게 될까요?"

"그야 뭐… 일단 냄새가 나고… 또……."

노빈손은 망신을 당하지 않기 위해 기를 쓰고 머리를 굴
렸다. 메탄가스가 물 위로 올라온다? 가만! 그건 목욕탕이
나 수영장에서 방귀 뀌는 거랑 똑같잖아. 그럼… 옳거니!
바로 그거야.

"거품! 거품이 뽀글뽀글 생길 거야. 틀림없어. 한두 번
확인한 게 아니거든."

"맞았어요. 하지만 정답은 아니에요."

대체 또 뭐가 있단 말야? 노빈손이 삼장법사의 주문에
걸린 손오공처럼 머리를 싸매고 끙끙거리자 말리쟈는 결국
더 이상 기대할 게 없다는 듯한 표정으로 제가 낸 문제의

해저의 '검은 진주' 석유

바다는 수많은 자원들로 가
득 찬 인류의 보물 창고다.
대표적인 게 바로 석유와 천
연가스이며, 전세계 사용량
의 약 25%가 바다에서 생
산된다. 수심 2백 m 이내의
대륙붕 주변에서 주로 채굴
되는 석유와 천연가스는 사
실은 시체들의 찌꺼기. 바다
밑바닥에 가라앉은 수중 생
물들의 시체 위에 모래와 진
흙, 바위 등이 수백만 년에
걸쳐 쌓였고, 그로 인해 짓
눌린 시체들이 끈적끈적한
석유와 가스로 변하게 된 것
이다.

부력이란?

부력은 물이 물체를 위로 밀어올리는 힘을 말한다. 물체에 가해지는 부력의 크기는 그 물체의 물에 잠긴 부분의 부피에 해당하는 물의 무게와 같다. 즉, 물체가 물에 잠겼을 때 넘쳐 흐르는 물의 무게와 같다. 같은 무게라도 부피가 크면 그만큼 부력을 많이 받게 되며, 쇠로 만든 커다란 배가 물에 뜨는 것도 그 때문이다. 물체에 작용하는 중력(무게)보다 물이 밀어올리는 부력이 크면 그 물체는 물에 뜨고, 중력이 더 크면 가라앉는다. 만일 어떤 물체가 물에 반쯤 잠긴 채 떠 있다면 그 상태에서 중력과 부력이 같아졌다는 뜻.

정답을 공개했다.

"잘 들어요. 물에 대량의 가스가 섞이면 일단 부피가 늘어나고, 그 결과 밀도가 낮아져요. 그럼 어떻게 되죠?"

"몰라! 나 공부 못하니까 더 이상 묻지 마."

"호호. 알았어요. 그냥 가르쳐 줄게요. 밀도가 낮아지면 물의 부력이 덩달아 낮아지겠죠? 그럼 결국……."

"알았다!!"

노빈손은 느닷없이 고함을 지르며 말리쟈의 말을 가로막았다. 거기까지 듣고도 모르면 그게 사람이냐? 돌멩이지. 노빈손의 표정이 전에 없이 의기양양하게 변해 있었다.

"부력이 낮아지니까 배들이 더 이상 떠 있지 못하고 가라앉아 버리는구나. 그렇지?"

"딩동댕. 맞았어요. 그럼 비행기는요?"

"비행기? 비행기는… 에……."

비행기는 물의 부력이랑 상관이 없잖아? 그럼 어떻게 되는 거지? 노빈손의 손이 다시 머리를 감쌌다. 오늘따라 제 머리가 유난히 단단하게 느껴지는 것 같았다.

"비행기 추락의 원인도 마찬가지로 가스예요. 엄청난 양의 가스가 한꺼번에 치솟으면 그게 하늘로 올라가서 비행기의 엔진에 장애를 일으키죠. 설사 조종사가 운좋게 그 지역에서 벗어나도 원인이 뭐였는지는 전혀 알 수 없구요. 가스는 시간이 지나면 전부 날아가 버리니까. 마치 조금 전에 당신이 뀐 방귀처럼요."

"……."

발냄새에 이어 다시 한 번 약점을 잡힌 노빈손은 얼굴을 붉히며 급히 말리쟈에게서 눈길을 돌렸다. 천하의 노빈손이 오늘 엄청 지저분한 녀석으로 전락하는구나. 그러다가 문득 이상한 생각이 들어 다시 고개를 번쩍 들었다.

"근데, 원인이 가스라면 그건 아틀란티스와는 상관없는 거 아냐?"

"글쎄요, 과연 그럴까요?"

"그렇잖아. 일부러 가스를 터뜨리지 않고서야… 앗?"

노빈손은 설마 하는 심정으로 말리쟈를 쳐다보았다. 말리쟈는 희미하게 웃으며 말없이 고개를 끄덕였다. 당신이 지금 생각하는 게 정답이에요. 그런 표정이었다.

"설마… 그걸 필요할 때마다?"

"맞아요. 저들은 배나 비행기가 지나갈 때면 수백만 마리의 작은 수중 생물들을 풀어서 가스층을 파헤치고 가스를 수면으로 분출시켜요. 혹은 강력한 흡입력을 지닌 기계를 이용해서 공중의 에너지를 바다 쪽으로 끌어당겨 하강 기류를 일으키죠."

"세상에……."

"더 놀라운 얘길 해줄까요?"

아르키메데스의 "유레카!"
부력의 원리를 처음 발견한 사람은 고대 그리스의 위대한 수학자 겸 발명가인 아르키메데스. 그는 목욕탕에 들어갔다가 욕조 밖으로 넘치는 물을 보는 순간 그 원리를 깨달았다. 당시 그는 너무 기쁜 나머지 "유레카(알아냈다!)"라고 외치며 알몸으로 뛰쳐나왔다고 한다. 1996년엔 아르키메데스가 직접 쓴 '부력의 원리'가 실려 있는 1천 년 전의 양피지 책이 뉴욕의 경매장에서 자그마치 28억 원에 팔렸다.

123

"그게 뭔데?"

"해저의 토양을 멋대로 바꿔서 가스층을 만들어낸 것도 그들이에요."

"으으……."

"버뮤다 해역은 서아틀란티스의 중요한 거점이에요. 그들은 혹시라도 남들이 자기들의 흔적을 발견할까 두려워한 나머지 아무도 거길 통과할 수 없게 만들었죠. 싸우리우스 일당은 일단 사고를 터뜨리고 나면 즉시 출동해서 주변 바다를 샅샅이 훑어요. 배나 비행기의 잔해를 수거하고, 혹시 있을지도 모를 생존자를 찾아 제거하는 거죠."

"가만! 이제 보니까……."

노빈손은 뭔가 중요한 걸 깨달은 듯한 표정으로 눈을 크게 부릅떴다. 며칠 전에 겪었던 거품 바다의 악몽이 그제서야 머리에 떠올랐던 것이다. 바로 그게 놈들이 터뜨린 그 가스였구나. 그렇다면? 그때도 그 부근에서 배나 비행기가 침몰했다는 얘기잖아. 그리고 싸우리우스는 생존자를 제거하러 나섰다가 날 발견했던 거고…….

노빈손은 새삼스레 한숨을 내쉬며 고개를 절레절레 흔들었다. 자기가 그토록 무지막지하고 잔인한 놈들에게서 무사히 도망쳤다는 게 정말이지 꿈만 같았다. 하지만 왠지 기분은 전혀 유쾌하지 않았다. 안도감보다 훨씬 큰 답답함이 돌덩이처럼 무겁게 가슴을 짓누르고 있었다.

124

과학자들은 버뮤다 삼각해역의 미스터리를 어떻게 설명하고 있을까? 이 분야의 전문가들이 들려주는 신기한 설명들을 들어 보자.

무시무시한 '무운돌풍'

버뮤다 부근의 선원들 사이에는 악몽 같은 전설이 하나 있다. 구름 한 점 없이 쾌청한 날씨에 느닷없이 불어온다는 '무운돌풍(white squall)'이 바로 그것. 그 무시무시한 바람을 뱃사람들은 바다의 저주라고 부른다.

1961년에 '알바트로스'호가 침몰했을 때 구사일생으로 살아난 선원들은 "고요한 바다에서 갑자기 거대한 폭풍이 일어나 순식간에 배가 침몰했다"고 증언했다. 그리고 그 폭풍은 불과 1~2분 뒤에 거짓말처럼 사라졌다고 말했다. 하지만 그날 일기예보는 '맑음'이었고, 근처를 지나던 다른 배들은 폭풍은커녕 산들바람도 만나지 않았다고 한다.

이 바람의 정체가 드러난 건 1975년. 똑같은 상황에서 발생한 비행기 추락사고를 조사하던 과학자들은 그것이 '순간돌풍(Microburst)'이라 불리는 강력한 하강기류 때문임을 밝혀냈다. 원인은 다름 아닌 태양열이다.

1년 중 가장 더운 6~8월에 열대 바다엔 엄청난 태양복사열이 집결하여 수온이 30℃까지 올라간다. 바다 표면의 열에너지가 대기권으로 상승하면서 멕시코에서 버뮤다에 이르는 지역에 거대한 적란운(수직으로 발달하는 소나기 구름)이 생겨난다. '수퍼셀'이라는 이름을 지닌 그 구름이 바로 순간돌풍의 근원지가 되는 것이다.

수퍼셀에서는 가끔 원인 모를 강력한 바람이 수직 방향으로 불어 내린다. 풍속은 시속 360Km로 A급 태풍보다도 파괴력이 강하다. 만일 비행기가 그 난기류에 휩쓸리면 균형을 잃고 종이비행기처럼 맥없이 추락하게 된다. 순간돌풍은 바다나 육지에 닿기가 무섭게 사방으로 흩어지기 때문에 근처를 항해 중이던 배 역시 침몰을 피할 수 없다.

순간돌풍은 아주 좁은 지역에서 발생한다. 게다가 1~5분에 흔적도 없이 사라져 버린다. 1961년에 알바트로스호를 침몰시킨 폭풍은 바로 그 바람이었던 것이다. 과학자들은 버뮤다에서 일어난 사고들 중 상당수가 순간돌풍 때문이었을 것으로 보고 있으며, '무운돌풍'의 전설 역시 순간돌풍에서 비롯되었을 것으로 추측하고 있다.

공포의 해저 가스

순간돌풍은 중요한 단서이긴 하지만 그것만으로 모든 수수께끼가 풀리지는 않는다. 이 해역에서 심심찮게 발생하는 비행기의 공중 폭발 사건은 바람이 아닌 제2의 원인이 존재하고 있음을 보여주고 있다. 순간돌풍은 비행기를 추락시킬 수는 있어도 폭발시키지는 않기 때문. 게다가 바람 때문이었다면 비행기의 잔해가 어디선가 발견되어야 하는데 지금까지 잔해가 발견된 비행기는 한 대도 없었다.

이 문제에 대해 최초로 과학적 설명을 시도한 사람은 리처드 맥키버 박사. 그에 따르면 원인은 다름 아닌 가스라고 한다. 바다 밑바닥에 묻혀 있는 거대한 메탄가스가 버뮤다 실종사건의 중요한 원인이라는 것이다.

−50℃ 이하의 깊은 해저에는 메탄과 물분자가 합쳐진 '메탄수소화합물(메탄수화물)'이라는 얼음 같은 물질들이 곳곳에 존재하고 있다. 작은 조각 하나에도 엄청난 양의 가스를 품고 있는 메탄

수화물은 인화성이 강하기 때문에 흔히 '불타는 샤베트'라고 불린다. 버뮤다 해역은 다른 곳에 비해 훨씬 큰 대규모의 가스층이 존재하고 있는 지역이다.

메탄수화물은 평소엔 별 말썽을 일으키지 않는다. 하지만 바닷물의 온도 변화나 해저의 지질 변화로 인해 가스층 윗부분에 틈새가 생기면 가스가 뿜어져 나오면서 거품으로 변해 물 위로 솟구쳐 오른다. 그러면 바닷물의 밀도가 급속히 떨어지기 때문에 그곳을 지나던 배가 부력을 잃고 침몰하게 되는 것이다

맥키버 박사는 비행기 역시 메탄가스 때문에 폭발했을 것이라고 말한다. 가스는 공기보다 가볍기 때문에 빠른 속도로 하늘로 치솟고, 가연성 가스가 엔진 속으로 들어가면 비행기는 꼼짝없이 폭발하게 된다는 것. 가스는 금방 흩어지기 때문에 어디에도 흔적이 남지 않는다. 게다가 비행기의 잔해들은 물 위에 남지 않고 죄다 거품 바다 아래로 가라앉아 버린다. 바로 이것이 버뮤다 공중 폭발 사고의 정체라는 것이다.

그렇다면 왜 유독 버뮤다 해역에서만 메탄가스가 그렇게 자주 방출되는 걸까? 1997년에 해양생물학자인 피셔 박사가 잠수정 탐사를 통해 발견한 벌레가 원인으로 지목된다. 멕시코만과 버뮤다 해역 부근에 서식하는 그 해저 벌레들이 가스층을 갉아먹는 바람에 그런 일이 벌어진다는 것. 그게 사실이라면 과학자들은 에프킬라를 능가하는 강력한 해저 살충제를 하루빨리 발명해야 할 것 같다.

끔찍한 시나리오, '가스 대폭발'

맥키버 박사의 연구 이후 세계 각국은 메탄수화물의 존재에 비상한 관심을 기울였다. 석탄과 석유 같은 '화석자원'들이 고갈되어 가는 상태에서 메탄가스가 차세대 에너지원이 될지도 모른다는 기대 때문이다. 메탄수화물은 1㎥당 제 부피의 164배나 되는 엄청난 양의 가스를 방출한다. 메탄수화물의 양을 탄소량으로 환산할 경우 지구 전체의 매장량은 무려 10조 t. 석유와 석탄의 매장량을 다 합친 것보다도 2배나 많은 분량이다.

하지만 메탄수화물은 그렇게 만만한 물질이 아니다. 이산화탄소에 비해 20배나 높은 온실효과를 일으키는 강력한 온실가스이기 때문이다. 그것은 지구를 하루아침에 파멸로 이끌 수도 있는 일종의 해저 시한폭탄이다.

노르웨이 앞바다에는 직경이 3Km에 이르는 거대한 분화구 100여 개가 있다. 빙하기 말기인 8천 년 전에 발생했던 가스 폭발의 흔적이다. 빙하가 녹으면서 흘러든 난류가 이 부근의 대륙붕에 묻혀 있던 메탄수화물 층에 균열을 일으키면서 무려 3,500억 t의 메탄가스가 한꺼번에 공기 중으로 방출되었다고 한다. 그 대폭발 이후 지구의 온도는 예전과는 비교도 할 수 없을 만큼 급속도로 올라가기 시작했다.

만일 오늘날 똑같은 양의 가스가 분출한다면? 전체 매장량의 3%에 불과한 3,500억 톤만으로 지구의 온도는 10년 새 4℃가 올라가게 된다. 바닷물이 더워지면 더 많은 양의 가스가 폭발할 것이고, 인류는 상상을 초월하는 끔찍한 생존의 위기를 맞게 될 것이다.

요즘 해저탐사용 잠수정들이 보내 오는 사진을 보면 바다 밑바닥에서 뽀글뽀글 솟아 나오는 가스들이 종종 발견된다. 그건 지구가 인류에게 보내는 일종의 경고라고 할 수 있다. 공해와 환경오염으로 인한 지구온난화가 잠자는 메탄수화물의 코털을 자꾸만 건드리고 있는 것이다. 지금 같은 속도로 지구가 계속 더워지고 빙하가 녹는다면 8천 년 전보다 더 큰 대폭발이 일어날 가능성도 얼마든지 있다. 메탄수화물은 과연 21세기의 새로운 에너지일까, 아니면 인류를 파멸로 이끌 무서운 시한폭탄일까?

바다만이 아는 대답

무운돌풍과 해저 가스는 버뮤다에 대한 다양한 설명들 중 가장 그럴듯하고 정교한 이론이다. 하지만 아직도 모든 의문이 완전히 풀린 건 아니다. 특히 나침반이 망가지는 이유에 대해서는 누구도 명쾌한 설명을 하지 못하고 있다. 해저에 묻힌 거대한 금속이 자석 역할을 하는 걸까? 아니면 우주공간의 블랙홀처럼 물속에 '블루홀'이 있어서 모든 걸 빨아들이는 걸까? 혹시 정말로 아틀란티스의 후예들이나 외계인 같은 정체불명의 생명체가 존재하고 있는 건 아닐까? 오직 바다만이 그 해답을 알고 있다.

마침내 도착한 아틀란티스

잠수정의 속도가 눈에 띄게 느려지더니 어느 순간 덜컹하고 멎었다. 드디어 신비의 대륙 아틀란티스에 도착한 모양이었다. 노빈손은 긴장된 표정으로 창밖을 내다보았다. 입술이 자꾸 바싹바싹 말라오고 있었다.

"도련니임, 이걸 쓰시와용."

날라리야가 콧소리를 내며 오토바이 헬멧처럼 생긴 투명하고 가벼운 풍선을 내밀었다. 그걸 얼굴에 뒤집어쓰자 신기하게도 마치 산림욕장에 온 것처럼 상쾌하고 맑은 공기가 코끝을 맴돌았다.

"수중 호흡이 힘든 노인이나 환자들을 위해 특별히 만든 산소호흡기예요. 이거 하나만 있으면 평생 물속에서 숨을 쉬며 돌아다닐 수 있죠. 숨쉴 때 내뱉는 이산화탄소가 내부의 특수물질에 의해 계속 산소로 바뀌거든요."

"우아……."

노빈손은 반신반의하는 표정으로 풍선을 뒤집어쓰고 밖으로 나가 숨을 쉬어 보았다. 물속인데도 마치 땅 위처럼 편안한 호흡이 이루어졌다. 아틀란티스의 놀라운 과학기술에 새삼 기가 죽어 버린 노빈손은 그만 길게 한숨을 내쉬고 말았다. 아까울 거 없지 뭐. 숨을 많이 쉴수록 더 많은 산소가 생긴다는데……

　"자, 이제 우리의 도시로 가는 거예요. 겁먹지 말고 최대한 자연스럽게 행동하세요. 발 감추는 거 절대 잊지 말고."

　말리쟈는 노빈손의 손을 잡고 천천히 헤엄을 치기 시작했다. 노빈손은 손끝에서 전기가 찌릿찌릿 통하는 걸 느끼며 나른한 기분으로 그녀에게 몸을 맡겼다. 잠시 후 그들이 도착한 곳은 도시의 관문으로 보이는 삼엄한 경비초소였다.

　"정지!"

　짤막한 막대기를 들고 서 있던 병사가 소리를 지르며 일행을 멈춰 세웠다. 막대기가 여의봉처럼 쭈욱 늘어나며 앞을 가로막는 게 보였다.

　우아—.

　일개 병사의 무기마저 저렇게 신기하다니. 노빈손이 SF 만화영화를 보는 듯한 흥분을 느끼며 그 여의봉을 훑어보는 순간, 병사가 손을 번쩍 들어 경례를 붙이며 큰 소리로 말했다.

　"충성! 공주님이셨군요."

　"세우리우스, 오늘도 수고가 많구나."

　"헤헤, 뭘요. 삼십 년째 하는 일인걸요. 근데……."

　세우리우스라 불린 병사는 미심쩍은 표정으로 노빈손을 이리저리 쳐다보다가 고개를 갸우뚱거리며 물었다.

　"이 자는 누굽니까?"

산호 이야기 1 : 산호는 동물이다

흔히들 산호가 식물인 줄 알지만 사실은 식물이 아니라 동물이다. 말미잘의 친척인 '폴립'이라는 작은 강장동물이 산호를 만드는 주인공. 폴립은 수억 마리가 떼를 지어 사는데, 녀석들이 연약한 몸을 보호하기 위해 바닷물 속의 화학물질들을 이용해 만드는 딱딱한 껍질이 바로 산호. 산호가 대규모로 모여 있는 것을 '산호초'라고 하는데, 열대 바다에서 흔히 보이는 아름다운 산호초는 대부분 속이 비어 있다. 속에 살던 폴립들이 이미 오래전에 죽었기 때문.

산호 이야기 2 : 놀라운 크기
산호는 작은 식물(조류)에
의해 서로 달라붙기 때문에
나중엔 엄청난 크기의 산호
초로 변한다. 세계에서 가장
큰 산호초는 호주 앞바다에
있는 '그레이트 배리어리프
(대산호초)'인데, 길이가
2,000Km가 넘고 넓이는 무
려 20만 ㎢로 아이슬란드의
2배에 가깝다. 달에서 지구
를 볼 때 사람의 눈으로 식
별할 수 있는 구조물이 딱 2
개가 있는데, 하나는 중국의
만리장성이고 또 하나는 바
로 이 대산호초라고 한다.

"얘? 새로 들어온 잠수정 청소부야."

"그래요? 처음 보는 얼굴인데… 이봐, 자네."

"예?"

"이름이 뭔가?"

"예, 저어… 노……."

아차차! 노빈손은 황급히 입을 닫았다. 여기에서 느빈손이라는 이름을 말했다간 당장 정체가 들통날 거라는 생각이 들었기 때문이다. 노빈손은 이곳 사람들과 비슷한 이름을 지어내기 위해 황급히 머리를 굴리기 시작했다. 일단 '노'라는 첫 글자는 말해 버렸고, 그 뒤를 뭐라고 한다지?

"저는 노… 노가리우스라고 합니다."

"노가리우스? 자네 혹시 전에 나 본 적 있나?"

"당연하죠. 위대한 세우리우스 장군님을 어찌 모르겠습니까?"

조금 전에 말리쟈가 부른 이름을 기억하고 있던 노빈손은 이때다 하고 씩씩하게 대답했다. 한낱 문지기를 위대한 장군으로 추켜세웠으니 얼씨구나 하고 보내 주겠지. 하지만 세우리우스는 여전히 미심쩍은 표정이었다.

"얌마, 내가 무슨 장군이야. 난 문지기라구. 이거 아무래도 좀 이상한 놈 아냐?"

"예, 저 그게… 사실은 제가 환자라서 그렇습니다."

"환자?"

세우리우스는 노빈손이 뒤집어쓴 환자용 호흡기를 보더니 그제서야 고개를 끄덕였다.

"상당히 중환자로군. 눈빛도 몽롱하고 얼굴도 심하게 뒤틀렸어. 혹시 머리가 좀 이상해진 거 아닌가? 이런, 그러고 보니 머리에 털까지 돋았구만. 쯧쯧."

"……."

세우리우스는 가엾다는 듯 혀를 끌끌 차더니 여의봉을 치우고 통과해도 좋다는 손짓을 보냈다. 식은땀을 흘리며 황급히 초소를 통과하는 노빈손의 귀에 세우리우스의 혼자말 소리가 또렷하게 들려 왔다.

"노가리우스라… 정말 잘 어울리는 이름이야. 생긴 거랑 딱 맞잖아?"

포세이돈의 얼굴

도시는 허물어진 건물의 잔해들로 가득 차 있었다. 대륙이 가라앉을 당시의 처참했던 상황을 생생히 보여 주는 흔적들이었다. 노빈손은 이해할 수 없다는 듯한 표정으로 말리쟈에게 물었다.

"저걸 왜 여태 안 치우고 놔두는 거야?"

"증거니까요."

"증거라니?"

"신을 거역한 대가가 얼마나 쓰라린 것이었는지 보여 주는 역사의 증거잖아요. 우린 저걸 보면서 조상들의 어리석음을 대신 속죄하곤 해요."

하긴 그렇겠군. 일종의 교육수단인 셈이구나. 노빈손은 고개를 끄덕이며 그 흉물스런 잔해들을 다시 한 번 훑어보았다.

남아 있는 건 건물들만이 아니었다. 육중한 전차와 마차, 그리고 군함이었던 것으로 보이는 커다란 배들이 뒤틀리고 부서진 채 흉물스러운 모습을 드러내고 있었다. 해초로 뒤덮인 녹슨 물체들의 틈새로 물고기 떼가 유유히 돌아다녔다.

"여긴 무슨 군수품 창고였나? 웬 전차와 군함이 저렇게 많은 거야?"

"많긴요. 다 녹슬고 삭아서 이젠 얼마 안 남았어요."

"얼마 안 남은 게 저 정도란 말야?"

"아틀란티스는 엄청난 군사력을 갖고 있었어요. 1만 대의 전차와 3만 대의 마차, 그리고 수천 대의 군함을 보유한 군사대국이었죠. 저건 그야말로 새 발의 피에 불과해요."

"히야아—."

입을 떡 벌린 채 주위를 휘휘 둘러보던 노빈손의 눈에 멀리 야트막한 언덕 하나가 보였다. 으리으리하고 화려한 건물이 반쯤 무너진 채 남아 있었고, 주변에는 폭이 수백 m나 되는 커다란 도랑이 길게 파여 있었다.

"저건 뭐야? 저 도랑들은?"

"도랑이 아니라 운하예요. 여긴 침몰 이전에 아틀란티스의 수도였죠. 바다와 연결되는 세 겹의 운하가 아크로폴리스 언덕의 신전을 중심으로 동심원처럼 흐르고 있었어요."

"그럼 저 무너진 건물이 신전이란 말야?"

"그래요. 바다의 신 포세이돈을 모신 신전. 비록 지금은 무너졌지만 옛날엔 황금의 벽으로 둘러싸인 지상 최고의 건물이었어요."

"우아— 네 벽이 죄다 금이었다구?"

"이곳은 꿈의 도시였어요. 운하는 각지에서 모여든 배와 상인들로 늘 북적거렸고, 길가엔 아름다운 공원과 학교들이 줄지어 늘어서 있었죠. 모든 건물들의 벽은 호화스러운 보석들로 장식이 되어 있었구요. 신전이 있는 아크로폴리스 언덕에서 밤에 도시를 굽어보면 그 모든 풍경들이 마치 환상처럼 아름답게 보였대요."

말리쟈는 눈을 지긋이 감고 생각에 잠겼다. 사라져 버린 아틀란티스의 옛 모습을 상상으로나마 그려 보고 싶은 듯했다. 노빈손은 왠지 가슴이 싸해지는 걸 느끼며 묵묵히 그 모습을 지켜보았다.

폭풍을 부르는 포세이돈의
삼지창
삼지창은 포세이돈의 힘과
권위를 상징하는 물건이다.
그는 삼지창을 휘두름으로
써 바위를 부수고, 폭풍과
해일을 부르고, 해안과 섬들
을 뒤흔들었다. 포세이돈은
말을 창조했기 때문에 경마
의 수호신으로 섬겨지기도
한다. 그리스 신화에 의하면
그의 수레를 끄는 말들은 모
두 황금 갈기와 청동 발굽을
갖고 있었다.

"이제 가요."

"어디로?"

"신전으로요. 아틀란티스에 왔으면 당연히 거기 가서 포세이돈에게 경배를 드려야죠."

"가만, 저게 뭐지? 광어야 도다리야?"

노빈손은 공연히 딴청을 부렸다. 신전으로 가는 게 왠지 내키질 않았던 것이다. 내가 왜 그 아저씨한테 절을 해? 바다의 신이랍시고 지금껏 나한테 오징어 다리 하나 쥐어 준 적이 없는데. 하지만 헤엄이 서툰 노빈손은 결국 말리쟈에게 이끌려 꼼짝없이 신전으로 끌려가야만 했다.

신전은 한때 세계 최고였던 건축물답게 웅장하고 거대했다. 비록 천장이 다 무너지고 벽도 절반 가까이 내려앉긴 했지만 그 안에서는 아직도 방문객을 압도하는 경건함이 느껴지는 듯했다. 노빈손은 마치 서울역에 처음 도착한 시골뜨기처럼 잔뜩 주눅이 든 모습으로 이곳저곳을 힐끔거렸다.

신전의 제단 위엔 커다란 동상이 세워져 있었다. 황금 갈기를 휘날리는 백마 위에 삼지창을 들고 앉아 있는 포세이돈의 모습은 바다의 신답게 위엄 있고 늠름했다. 당장이라도 벌떡 일어서서 불호령을 내릴 것 같은 근엄한 모습이었다.

"신이여!"

136

거대한 동상 앞에 무릎을 꿇고 엎드린 말리쟈가 애절한 목소리로 부르짖었다.

"부디 우리의 죄를 용서해 주옵소서. 아직도 헛된 망상에서 깨어나지 못한 서쪽의 형제들에게 평화의 소중함을 가르쳐 주옵소서. 모든 아틀란티스인들이 하나로 뭉쳐 형벌에서 벗어날 수 있도록 지혜와 용기를 내려 주옵소서……."

말리쟈의 목소리가 조금씩 떨리는가 싶더니 이내 작은 흐느낌으로 변했다. 작고 야윈 어깨가 애처로울 정도로 심하게 들썩거리고 있었다. 노빈손은 신에 대한 강렬한 원망

포세이돈의 절대적 권위

포세이돈은 아틀란티스의 법률과 제도를 직접 제정했으며 그 공정성은 만인의 칭송을 받았다. 왕들끼리의 다툼이나 분쟁은 늘 포세이돈의 신명에 의해 지혜롭게 처리되었다. 비록 아틀라스를 왕으로 임명하긴 했지만 포세이돈은 여전히 아틀란티스의 절대적 지배자였으며, 존경과 숭배의 대상인 동시에 유일한 신앙의 대상이었다. 적어도 아틀란티스인들이 타락하여 그에게 반기를 들기 전까지는.

바닷물의 온도는 얼마나 될까?

바닷물의 온도가 가장 높은 지역은 아라비아해 서쪽에 있는 중동의 페르시아만이다. 그곳의 평균 수온은 32℃이며 수심이 얕은 곳에서는 최고 36℃까지 올라간다. 그렇다면 추운 극지방의 수온은? 예상과는 달리 바닷물은 아무리 추운 곳에서도 −2℃ 이하로는 내려가지 않는다. −1.91℃가 되면 그때부터 얼어 버리기 때문이다. 극지방 바닷물의 평균온도는 −1℃이며 적도 지역의 평균 수온은 약 30℃ 정도다.

심이 솟구치는 걸 느끼며 고개를 번쩍 치켜들었다. 대체 어떻게 생긴 양반이기에 저렇게 착한 말리쟈를 울리는 거야?

"어라?"

동상을 노려보던 노빈손의 눈빛이 갑자기 게슴츠레해졌다. 포세이돈의 얼굴이 낯설지 않게 느껴졌던 것이다. 마치 여러 번 만났던 사람처럼 익숙하고 낯익은 얼굴. 노빈손은 눈을 감고 곰곰이 그 얼굴에 대한 기억을 더듬기 시작했다. 그리고 잠시 후.

"맞다!!"

노빈손은 벼락처럼 소리를 내지르며 허겁지겁 뭔가를 꺼냈다. 치마 허리춤에 매달아 두었던 가볼레옹의 가죽 주머니였다. 주둥이를 열자 찬란한 무지개 빛 광채가 쏟아져 나와 주변을 온통 오색으로 물들였다. 고함소리에 놀라 뒤를 돌아보던 말리쟈가 입을 떡 벌린 채 자리에서 튕겨 일어서고 있었다.

광채에 휩싸여 잠시 가려졌던 신전 내부의 풍경이 다시 드러나기 시작했다. 웅장하게 서 있는 동상, 그리고 역시 동상처럼 꼼짝하지 않고 서 있는 두 사람. 움직이는 것이라고는 오직 기둥 사이를 오가는 몇 마리의 물고기들뿐이었다.

"역시 그랬구나. 설마 했었는데……."

노빈손은 멍한 표정으로 돌멩이를 들여다보았다. 깊게

파인 눈, 오똑한 콧날, 그리고 치렁치렁한 머리와 길다란 수염. 신전의 동상과 단 한 치의 차이도 없이 똑같은 얼굴이 돌멩이 위에 선명하게 새겨져 있었다.

신전 기둥에 새겨진 글귀

아틀란티스는 비옥한 토지와 풍부한 자원을 갖고 있었지만 이 나라를 번영시킨 일등 공신은 다름 아닌 오리하르콘이다. 찬란한 무지갯빛을 내뿜는 오리하르콘은 고대인들이 매우 귀중하게 여긴 신비의 보석. 플라톤에 의하면 아틀란티스인들은 항구와 운하를 통해 오리하르콘을 주변 국가들에 수출함으로써 엄청난 돈을 벌었다고 한다.

돌멩이가 아틀란티스와 관련이 있을 거라던 가볼레옹의 말은 사실이었다. 거기에 새겨진 얼굴의 주인공만이 아틀란티스를 부활시킬 수 있으리라는 말 역시 이제는 의심의 여지가 없었다. 바다의 신 포세이돈이 아니고서야 대체 누가 저 1만 년의 형벌에 마침표를 찍을 수 있단 말인가.

"믿을 수 없어요. 당신이 전설 속의 보석인 오리하르콘을 갖고 있다는 것도. 그리고 거기에 포세이돈의 얼굴이 새겨져 있다는 것도. 대륙이 침몰한 뒤로는 아무도 이 보석을 캐지 못했거든요."

말리쟈가 들뜬 표정으로 종알거렸지만 노빈손의 귀엔 그 얘기가 들리지 않았다. 가볼레옹에게 들었던 마야의 예언이 끊임없이 귓가에 맴돌고 있었기 때문이다. 얼굴의 주인공이 눈을 뜨는 날 아틀란티스가 부활한다고 그랬었지. 하지만 아무리 생각해도 노빈손은 그게 무슨 소린지 도무지

감을 잡을 수가 없었다. 심봉사도 아닌 포세이돈의 눈을 어떻게 뜨게 한단 말야?

"물어볼 게 있는데… 혹시 포세이돈이 장님인가?"

"그게 무슨 소리예요. 신이 어떻게 장님일 수가 있어요?"

"하긴 그래."

노빈손은 시무룩한 표정으로 다시 고개를 파묻었다. 하지만 말리쟈가 대체 왜 그런 걸 묻느냐고 따지는 통에 결국 마야의 예언 이야기를 해줄 수밖에 없었다. 보나마나 말도 안 되는 소리라고 구박할 게 뻔해. 아니나 다를까. 말리쟈는 어이가 없다는 듯 쓴웃음을 지으며 고개를 좌우로 흔들어 댔다.

"허무맹랑한 얘기예요. 아틀란티스가 부활하려면 포세이돈의 신탁을 푸는 것 외에는 다른 길이 없다구요."

"신탁이라니?"

"2천 년쯤 전, 그러니까 아틀란티스가 침몰한 지 꼭 1만 년이 되던 해였죠. 동아틀란티스의 왕과 백성들이 신에게 목숨을 건 금식기도를 올렸어요. 이제 그만 노여움을 거두고 과거의 죄를 용서해 달라구요. 다들 굶어죽기 직전까지 갔을 때 신이 제사장을 통해 신탁을 내렸죠. 그걸 풀기만 하면 우릴 육지로 보내 주겠다면서."

"그게 정말이야?"

"정말이구 말구요. 신탁을 푼 사람을 아틀란티스의 새로운 왕으로 임명하겠다는 약속까지 했었어요."

"오케이! 좋아좋아!!"

노빈손은 이박사처럼 괴성을 지르며 눈을 반짝거렸다. 신탁이라면 이미 아마존에서 멋지게 풀어 낸 경험이 있지 않은가. 할머니인 가이아의 신탁도 해결했는데 손주인 포세이돈의 신탁쯤이야. 갑자기 온몸이 투지로 활활 불타는 듯한 느낌이었다.

"하지만 소용없는 일이었어요. 수많은 현인들이 그걸 풀기 위해 머리를 싸맸지만 누구도 그 의미를 알아내지 못했으니까요. 우리뿐 아니라 서아틀란티스 사람들도 눈에 불을 켜고 신탁에 매달렸지만 성공한 사람은 없었어요. 결국 그들은 신에게 속았다며 그나마 있던 작은 신전들까지 죄다 무너뜨려 버렸죠. 그렇게 2천 년이 흘렀고, 이젠 아무도 그 신탁에 기대를 걸지 않아요."

"그 신탁의 내용을 불러 봐."

"왜요?"

"왜긴, 풀려구 그러지."

"당신이?"

말리쟈는 황당하다는 표정을 짓더니 이내 피식 웃음을 터뜨렸다. 공부도 못하는 사람이 그걸 어떻게 푸느냐는 듯한 얼굴이었다. 하지만 노빈손이 워낙 정색을 하며 덤비는

141

통에 결국은 신탁의 내용을 일러줄 수밖에 없었다.

"저기 저 기둥이 보이죠?"

"어디? 저 가운데 기둥 말야?"

"그래요. 거기에 신탁의 내용이 적혀 있으니까 보고 싶으면 얼마든지 봐요. 물론 보나마나겠지만."

노빈손은 말이 떨어지기도 전에 벌떡 일어나 황급히 기둥으로 다가갔다. 세월이 흐르는 사이에 약간 흐릿해지긴 했지만 글씨를 알아보는 데는 전혀 지장이 없었다. 아틀란티스인들에게 희망과 절망을 동시에 안겼던 포세이돈의 신탁. 반듯한 필체로 적혀 있는 그 글귀의 내용은 이런 것이었다.

"재규어의 지혜와 헤라클레스의 힘을 빌어

신의 눈으로 바다를 밝히라.

세상의 배꼽이 그 바다에 있으리라."

번쩍! 신탁을 읽는 노빈손의 눈에서 번갯불 같은 섬광이 일어나고 있었다.

아틀란티스의 부활을 향해

“정말 그 사람이 그렇게 얘기했단 말이에요?”

“그렇다니까. 분명히 재규어 신전이라는 곳에서 이 돌을 찾았다고 했단 말야.”

“그럼 당신 얘기는…….”

“틀림없어. 뭔지는 모르지만 이 오리하르콘인지 오리바비큐인지 하는 돌멩이가 신탁이랑 관련이 있는 거라구.”

“그럼 다행이지만…….”

노빈손은 신탁의 다음 부분을 풀기 위해 최대한 정신을 집중했다. 헤라클레스의 힘을 빌리라 이거지. 가볼레옹이 마지막으로 했던 말도 ‘헤라클레스’ 라는 것이었어. 그 전엔 ‘집으로’ 라고 중얼거렸었지. 그게 무슨 뜻이었을까? 아아, 한 마디만 더 들었어도 신탁을 풀기가 한결 쉬웠을 텐데…….

“혹시 말이야.”

“네?”

“헤라클레스의 주소가 어디였는지 알아?”

“그건 또 무슨 소리예요?”

“생각해 봤는데, 아무래도 헤라클레스가 살던 집을 찾아야 할 거 같애. 분명히 가볼레옹이 그렇게 얘기했었거든.

헤라클레스는 헤라 여신의 음모에 휘말려 목숨을 건 '12가지 노역'에 나선다. 온갖 괴물들을 물리치며 세상을 누비던 그는 세상의 끝이라고 여긴 지브롤터 해협과 흑해 부근에 거대한 기둥을 세웠는데, 이를 '헤라클레스의 기둥(Herculean Pillar)'이라 한다. 2개의 기둥이 세워진 곳은 다름 아닌 지중해의 양 끝부분. 지중해만이 유일한 세계라고 믿었던 고대 그리스인들의 사고방식이 이런 전설을 낳았을 것으로 보인다.

헤라클레스의 집으로 가라고 말야."

"헤라클레스는 온 세상을 떠돌며 모험을 했던 사람이에요. 그런 사람한테 집이라는 게 있기나 했겠어요?"

"하지만……."

"혹시 뭐 다른 얘긴 없었나요?"

말리쟈는 한편으로는 미심쩍어하면서도 한편으로는 은근히 기대를 걸고 있는 듯했다. 만에 하나 노빈손이 신탁을 푼다면 아틀란티스인들은 꿈에도 그리던 육지로의 귀환을 이루어 낼 수 있는 것이다. 조금 전까지만 해도 무겁게 가라앉아 있던 그녀의 눈에 희미하게나마 희망이 싹터 오르고 있었다.

"뭐라고 했더라? 맞아, '기둥'이라고 했어. 거봐, 기둥이 있다는 건 집이 있다는……."

"기둥? 지금 기둥이라고 했어요?"

"그렇다니까. 왜? 뭐 짚이는 게 있어?"

"바보 같으니. 그럼 당연히 '헤라클레스의 기둥'이잖아요."

"그게 뭔데?"

"아무리 공부를 못하기로서니 어쩜 그런 것도 모를까? 잘 들어요. 헤라클레스는 세상의 끝이라고 여겨지는 곳에 두 개의 거대한 기둥을 세웠어요. 하나는 흑해 부근, 또 하나는 지브롤터 해협. 거길 가리켜서 흔히……."

"잠깐! 두 번째가 어디라구?"

"지브롤터요."

"지브롤터! 지브로! 맞다! 바로 거기야."

노빈손은 펄쩍펄쩍 뛰며 환호성을 질러 댔다. 가볼레옹이 말했던 건 '집으로'가 아니라 '지브로'였던 것이다. 힘겹게 말을 잇느라 미처 '지브롤터'라는 말을 다 끝맺지 못한 게 화근이었다. 그런 줄도 모르고 헤라클레스의 주소를 찾으려 했으니 신탁이 풀릴 리가 없지. 이래서 말이라는 건 끝까지 들어 봐야 한다니까.

"지브로, 기둥, 그리고 헤라클레스. 틀림없어. 바로 거기가 가볼레옹이 말하려던 곳이야. 혹시 거기에서 좁은 바다와 큰 바다가 만나나?"

"그렇죠. 지중해와 대서양이 연결되는 곳이니까요. 왜요?"

"오케이! 바로 그거야. 으하하하―."

노빈손은 언젠가 가볼레옹이 그랬던 것처럼, 아니 그때보다 훨씬 더 많은 침을 사방으로 튀겨 가며 호쾌하게 웃어 댔다. 비록 신탁을 다 푼 건 아니지만 최소한의 실마리는 잡은 셈이었기 때문이다. 그 실마리를 움켜쥐고 조금씩 나아가다 보면 신탁의 수수께끼는 결국 풀리고 말 것이었다. 지난번에 아마존에서 그랬던 것처럼.

"자, 빨리 가자."

달러를 $로 표시하는 이유

미국 돈인 달러를 표시하는 $로 표시하는 이유에 대해서는 여러 가지 설이 있다. 그 중 하나는 $에 그어진 두 개의 줄이 헤라클레스의 기둥을 의미한다는 것. 세상의 경계를 나타내는 기둥을 표시함으로써 그 돈이 기둥과 기둥 사이, 즉 온 세상에서 두루 통용되는 화폐임을 나타내려 했다는 것이다(두 줄 긋기가 귀찮아졌는지 요즘엔 한 줄만 그어서 $로 표시하는 경우가 대부분이다).

145

“어디로요?”

“어디긴. 헤라클레스의 기둥이지.”

“거기 뭐가 있는데요?”

“그건 나도 몰라. 하지만 뭔가가 있는 건 확실해. 일단 가 보면 알겠지. 신의 눈이 뭘 뜻하는 건지 말야.”

노빈손은 신탁의 구절을 다시 한 번 눈여겨본 다음 서둘러 신전을 떠났다. 잠수정을 타고 지브롤터로 가기 위해서였다. 노빈손을 뒤따르는 말리쟈의 눈에 아까보다 훨씬 강한 희망의 빛이 스쳐 가고 있었다.

4

헤라클레스의 기둥

잠수정은 빠른 속도로 동쪽으로 나아갔다. 어찌나 빨리 움직이는지 마치 총알 위에 탄 듯한 느낌이 들 정도였다. 노빈손은 아틀란티스의 과학이 얼마나 놀라운 수준에 도달했는지를 새삼스레 실감할 수 있었다.

승선 인원은 단 세 명. 노빈손과 말리쟈 그리고 날라리야였다. 말리쟈는 왕실에 부탁해서 대규모 탐사단을 꾸리려 했지만 노빈손은 기를 쓰고 그녀를 말렸다. 자칫 신탁 풀이에 실패할 경우 아틀란티스인들이 느낄 실망감이 두려웠기 때문이다. 하지만 날라리야는 노빈손의 치맛가랑이를 붙잡

고 울며불며 매달린 덕분에 간신히 잠수정을 탈 수 있었다.

"지브롤터 해협에 도착하면 어떻게 할 거죠?"

"일단 육지로 올라가야지. 그래야 기둥을 찾을 거 아냐."

"기둥이 어디 있는데요?"

"그걸 내가 어떻게 알아?"

노빈손은 시큰둥하게 대답하며 창밖으로 눈길을 돌렸다. 막막하기로 따지면 그 역시 말리쟈와 전혀 다를 바가 없었던 것이다. 무작정 길을 막고 사람들한테 물어 볼 수도 없고, 그렇다고 지도에 기둥의 위치가 나와 있는 것도 아니고. 고민하는 사이 어느덧 잠수정이 목적지에 도착해 있었다.

"어떡하지? 일단 산꼭대기에 올라가서 한번 훑어볼까?"

"차라리 해안선을 꼼꼼히 살피는 게 어때요?"

"기둥이 해변에 있는지 내륙에 있는지 어떻게 알아?"

"세상의 끝에 기둥을 세웠다잖아요. 그럼 당연히 해변 아니겠어요?"

"듣고 보니 그러네."

세 사람은 오랜 시간에 걸쳐 해협 부근의 해안선을 쥐잡듯이 훑었다. 하지만 헤라클레스의 기둥으로 보이는 물체는 어느 곳에서도 찾을 수 없었다. 어느새 해가 뉘엿뉘엿 떨어지고 바다엔 거뭇한 어둠이 내려앉기 시작했다.

"젠장, 어쩌란 말야. 기둥이 없으면 말뚝이라도 있어야

지. 혹시 헤라클레스가 거짓말한 거 아냐?"

"그럴 리가요. 명색이 제우스의 아들인데."

"말이 안 되잖아. 생각해 봐. 어떻게 여길 세상의 끝으로 여길 수가 있어? 저 넓은 대서양이 빤히 보이는데 말야."

"그건……."

말리쟈는 말문이 막히는 듯 잠시 머뭇거렸다. 노빈손의 말마따나 여긴 결코 세상의 끝이 아니었기 때문이다. 그런데도 헤라클레스는 왜 그렇게 믿었던 걸까? 바로 그때 날라리야가 조심스레 말을 꺼냈다.

"저, 혹시 그땐 대서양이 안 보였던 거 아닐까요?"

푸핫— 헤라클레스가 무슨 심봉사냐? 노빈손은 비웃는 표정으로 날라리야를 쏘아보았다. 날라리야는 어깨를 움찔하더니 슬픈 표정으로 눈길을 아래로 떨궜다. 그토록 사모하는 노빈손이 자길 그런 눈으로 쳐다보니 그만 가슴이 미어지는 모양이었다.

"날라리야, 넌 그냥 가만히 있어. 가뜩이나 골치 아픈데 왜 너까지……."

"아니에요."

갑자기 말리쟈가 눈을 반짝 빛내며 노빈손의 말을 잘랐다.

"날라리야 말에도 일리가 있어요."

"무슨 소리야?"

헤라클레스가 기둥을 세웠다는 지브롤터 해협의 위쪽 (이베리아 반도)은 스페인 땅이다. 이 나라의 국기엔 방패가 그려져 있고, 방패 양쪽으로 2개의 헤라클레스 기둥이 그려져 있다. 기둥에 감긴 리본에는 원래 "여기는 세계의 끝이다"라고 적혀 있었지만 콜럼버스가 아메리카 대륙을 발견한 15세기 말 이후부터 "더욱 먼 세상으로"라는 글귀로 바뀌었다고 한다.

지구의 바깥층(지각)은 여러
개의 '판(plate)'들로 이루어
져 있으며, 그 판들의 이동
과 충돌에 의한 거대한 지각
변동이 여러 차례 일어났다.
판과 판이 부딪치면 그 충격
으로 바다 밑바닥이 솟아올
라 산이 되기도 하고, 산이
었던 곳이 가라앉아 바다가
되기도 한다. 북아메리카의
록키 산맥에서는 5억 3천만
년 전의 바다 생물인 '아노
말로카리스'의 화석이 발견
되었으며, 세계에서 가장 높
은 에베레스트 산에서도 조
개류의 화석이 발견되었다.

"당신도 알다시피 지구에서는 거대한 지각 변동이 여러 차례 있었어요. 산이 가라앉아서 바다에 잠기기도 하고, 바다 밑바닥이 솟아올라 육지가 되기도 하고… 만일 헤라클레스가 왔을 때 저기가 해협이 아닌 육지였다면? 가령 그 자리에 높은 산이 솟아 있었다면 날라리야 말대로 대서양이 안 보였을 수도 있잖아요."

"설마……."

노빈손은 말끝을 흐리며 어둠에 잠긴 해협을 바라보았다. 해협의 북쪽은 유럽의 이베리아 반도, 그리고 남쪽은 아프리카의 모로코. 드넓은 대서양의 물이 그 사이를 통과하여 천천히 지중해로 흘러들고 있었다.

"해협이 없었으면, 그럼 대서양과 지중해가 떨어져 있었단 말야?"

"당연하죠."

"해협 위아래의 육지는 서로 붙어 있었고?"

"그렇구 말구요. 아마 같은 산에 속한 두 개의 봉우리였겠죠."

"그럼 헤라클레스는 대체 기둥을 어디에 세웠단 말야?"

"당연히 산 밑이죠, 도련님."

말리쟈 대신 날라리야가 냉큼 입을 열었다. 조금 전까지도 잔뜩 기가 죽어 있더니만 말리쟈의 응원 덕분에 다시 힘이 나는 모양이었다.

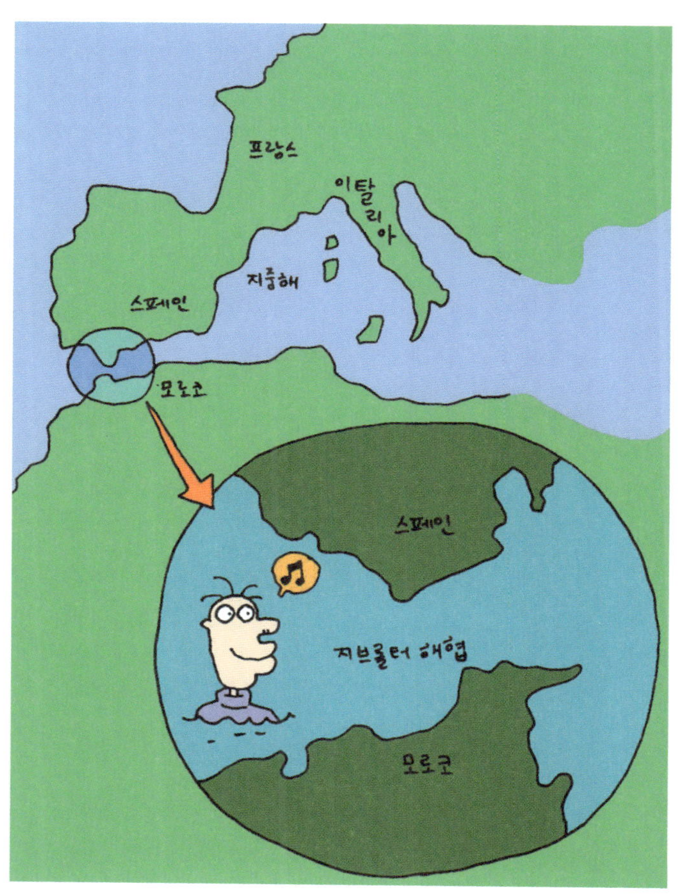

프랑스
이탈리아
지중해
스페인
모나코
스페인
지브롤터 해협
모로코

"어째서? 꼭대기일 수도 있잖아."

"아니죠. 꼭대기에 올라갔으면 대서양이 내려다보였을 거 아니에요. 그럼 여기가 세상의 끝이라는 생각을 했을 리가……."

우아─. 노빈손은 감탄스런 표정으로 날라리야를 쳐다보았다. 떨떨한 줄로만 알았는데 이제 보니 머리가 꽤 돌아가잖아?

"좋았어. 다시 정리해 보자. 헤라클레스가 산 밑에 기둥을 세웠다, 근데 그 산이 어느 날 가라앉았다, 그렇다면……."

파파팟─.

세 사람의 시선이 한데 부딪치며 허공에서 불꽃이 튀었다. 지금 자기들이 뭘 해야 하는지를 동시에 깨달았던 것이다. 산이 가라앉았다면 산 밑의 기둥도 덩달아 가라앉았을 터, 그렇다면 당연히 바다 밑을 뒤져야 하지 않겠는가.

쏜살 같은 속도로 하강하던 잠수정이 이윽고 바닥에 닿았다. 세 사람은 긴장된 표정으로 주변을 샅샅이 뒤지기 시작했다. 창문에 찰싹 달라붙은 채 해태처럼 눈을 부라리던 노빈손의 입에서 고함이 터져 나온 건 그로부터 약 두어 시간이 흐른 뒤였다.

"저거다!!"

해초 무성한 지브롤터의 심해. 한때는 육지였고 지금은

바다인 곳. 가파른 두 개의 언덕 사이로 널찍한 평지가 있었다.

그리고 바로 거기, 거대한 기둥이 있었다.

어둠 속에서 새어 나온 빛줄기

"미치겠군. 산 너머 산이라더니."

"그러게 말이에요. 헤라클레스의 기둥만 찾으면 뭔가 얻는 게 있을 줄 알았는데."

153

무적의 천하장사 헤라클레스
헤라클레스는 '12가지 노역'
을 통해 당시 세상에 존재하
던 거의 모든 괴물들을 깡그
리 해치웠다. 어떤 무기로도
상처를 입히지 못하는 '네메
아의 사자'를 처치했고, 머
리가 아홉 개인 '히드라'를
제거했으며, 청동 부리를 가
진 새 떼를 쫓아냈다. 거대
한 보아뱀, 불을 뿜는 황소,
사람을 잡아먹는 말, 몸뚱이
가 3개인 소, 그리고 머리가
셋 달린 개…… . 적수를 찾
을 수 없었던 세계 최강의
천하장사가 바로 헤라클레
스다.

노빈손과 말리쟈는 낙심한 표정으로 연거푸 한숨을 내뱉었다. 기둥을 찾긴 찾았지만 해결된 건 아무것도 없었기 때문이다. 아무리 둘러봐도 기둥엔 신탁 풀이의 단서가 될 만한 것이 보이지 않았다.

"혹시 저 기둥을 뽑아야 하는 거 아닐까?"

"당신이 무슨 헤라클레스예요?"

"신탁에도 있잖아, 헤라클레스의 힘을 빌리라는 말이."

"그게 설마 완력을 뜻하겠어요? 장소에 대한 힌트일 뿐이죠."

"그런가?"

하긴, 천하장사 헤라클레스가 박아 놓은 기둥을 내가 무슨 수로 뽑으랴. 힘쓰는 게 취미인 말숙이라면 또 몰라도. 노빈손은 바닥에 깊숙이 박혀 있는 굵은 기둥을 원망스러운 눈초리로 바라보았다. 잠을 못 잔 탓인지 눈이 저절로 감겨 오고 있었다.

"으라차차—."

기둥을 껴안은 말숙이가 뜨거운 콧김을 내뿜으며 우렁차게 기합을 넣었다. 우람한 팔뚝에 굵은 힘줄이 툭툭 솟아 있었다. 노빈손은 주먹을 불끈 쥐고 열렬히 말숙이를 응원했다. 옳지! 잘한다, 조금만 더! 이제 거의 다 뽑혔어…… .

마침내 기둥 뿌리를 뽑은 말숙이가 그걸 번쩍 들어올리

는 순간, 노빈손의 눈도 덩달아 번쩍 떠졌다. 꿈에서 깼으니 당연히 잠수정의 천장이 보여야 했지만 이상하게도 눈앞은 칠흑같이 깜깜한 암흑이었다. 여기가 어디야? 왜 이렇게 어두운 거야?

노빈손은 잠시 후에야 그 이유를 깨달았다. 말리쟈와 날라리야가 새우잠을 자면서 잠수정 안팎의 불을 죄다 꺼버렸던 것이다. 고막을 흔들던 시끄러운 소리는 알고 보니 말숙이의 기합소리가 아니라 날라리야의 코고는 소리였다.

"흐흐. 생긴 거만 똑같은 줄 알았더니……."

노빈손은 쓴웃음을 지으며 창밖으로 고개를 돌렸다. 어둠 속에 우뚝 서 있는 기둥의 모습이 어슴푸레하게 눈에 들어왔다. 이제 저놈의 기둥은 쳐다보기도 싫어. 신경질적으로 고개를 돌리던 노빈손의 눈이 갑자기 쟁반처럼 크게 변했다.

"어라?"

이상한 일이었다. 잠수정의 불이 모두 꺼졌으면 기둥도 당연히 안 보여야 정상 아닌가. 이 깊은 해저에 설마하니 햇빛이나 달빛이 닿을 리도 없고. 노빈손은 갑자기 온몸에 전율이 일어나는 걸 느끼며 다시 한 번 창밖을 내다보았다. 그리고 잠시 후.

"일어나! 다들 일어나."

날라리야의 코고는 소리가 뚝 그쳤다. 말리쟈가 놀란 표

지금까지 알려진 2만 5천여 종의 어류들 중 가장 덩치가 큰 녀석은 단연 고래상어. 길이 15m에 몸무게가 20t이나 되는 초대형 생선이지만 플랑크톤 말고는 아무것도 먹지 않는 양순한 식성을 갖고 있다. 10m 길이에 몸무게가 1.5t인 죠스(백상아리)와 소형 트럭만 한 덩치를 지닌 2t 무게의 개복치도 녀석 앞에서는 땅딸보 혹은 말라깽이에 불과하다. 그렇다면 가장 작은 어류는? 인도양에 사는 난쟁이 망둥어는 숟가락 안에서도 유유히 헤엄을 칠 정도로 덩치가 작다.

고래, 해우, 바다표범 등 해
양 포유류의 덩치는 어류의
그것을 압도한다. 길이 33m
에 무게가 자그마치 170t이
나 되는 대왕고래는 온 지구
를 통틀어 가장 큰 동물. 녀
석 앞에서는 '어류의 쌍' 인
고래상어도 꼬리를 감추고
만다. 대왕고래에 비하면 갓
난아기 같은 향유고래만 해
도 20m 길이에 몸무게 70t
으로 고래상어보다 훨씬 크
고 무겁다.

정으로 벌떡 일어났다. 불을 켜기 위해 스위치를 찾는 그녀에게 노빈손이 다시 고함을 질러 댔다.

"켜지 마! 켜지 말고 저길 좀 봐."

어리둥절한 표정으로 밖을 내다보던 말리쟈와 날라리야가 동시에 앗 하고 탄성을 내질렀다. 기둥 아래의 한 곳. 진흙 위에 뚫린 작은 구멍에서 빛줄기가 희미하게 새어 나오고 있었다.

"날라리야!"

"네, 도련님."

"잠수정을 당장 저리로 몰아."

날라리야가 헐레벌떡 조종실로 달려갔다. 잠수정이 둔중한 소리를 내며 천천히 움직였다. 포크레인처럼 생긴 잠수정의 탐사 장비가 진흙 바닥에 닿는 순간, 하마가 물을 마시는 듯한 요란한 소리가 어디선가 들려 왔다. 꿀꺽—. 노빈손의 목구멍에서 침이 넘어가는 소리였다. 그리고 잠시 후.

파파파팟—.

온 바다를 깡그리 밝힐 듯한 강렬한 빛이 사방으로 퍼져 나갔다. 빨강, 노랑, 초록, 그리고 파랑……. 찬란하기 그지없는 무지개 빛 광채였다. 똑같은 외침이 누가 먼저랄 것도 없이 동시에 터져 나왔다.

"오리하르콘!"

"오리하르콘이다!!"

세상의 배꼽을 찾아서

이젠 더 이상 잠수정의 전등 스위치를 올릴 필요가 없었다. 하나만으로도 눈부신 오리하르콘이 두 개씩이나 빛나고 있었으니. 지금 노빈손이 느끼는 감정은 기쁨보다는 오히려 신기함에 가까웠다. 꿈에서 말숙이를 보고 난 뒤에 좋은 일이 생긴 건 아무리 생각해도 이번이 처음이자 마지막일 것 같았다.

"그러니까 이게 바로 신의 눈이란 말이죠?"

"그렇다니까. 생각해 봐. 포세이돈의 얼굴이 새겨진 두 개의 빛나는 보석. 이게 신의 눈이 아니면 대체 뭐가 신의 눈이겠어? 설마하니 포세이돈이 진짜 눈을 뽑아서 숨겨 놓지는 않았을 거 아냐."

"그럼 이제 신탁의 절반은 풀린 셈이네요."

"그렇지. 재규어랑 헤라클레스랑 신의 눈은 풀린 거야. 이제 남은 건……."

"세상의 배꼽을 찾는 일이에요."

"날라리야, 배꼽에 대해 생각나는 걸 전부 말해 봐."

바다 기네스 4 : 가장 큰 연체동물

연체동물 중에서는 대서양의 대왕 오징어의 덩치가 단연 돋보인다. 녀석의 길이는 6m의 몸통과 10m의 다리를 합쳐 총 16m로 서장훈 선수 같은 꺽다리 8명을 합친 것과 비슷하며, 몸무게도 무려 2t이나 나간다. 한쪽 눈의 크기가 사람 머리통의 2배에 가깝고, 빨판 하나가 사람 손바닥만 하다. 오징어의 친척인 문어 역시 덩치가 만만치 않아서, 태평양에서는 9m가 넘는 대형 문어가 발견된 적도 있다.

"똥그래요."

"그래? 난 길쭉한데."

"뽈록해요."

"어머, 넌 그러니? 난 오목한데."

"생각을 좀 넓혀. 자기 배꼽만 생각하지 말고 배꼽들의 공통점을 찾으란 말야."

세 사람은 눈을 반짝반짝 빛내며 머리를 맞대고 신탁 풀이에 열중했다. 노빈손의 번뜩이는 영감, 말리쟈의 탁월한 지식, 그리고 날라리야의 느닷없는 아이디어가 팀워크를 이룬다면 무엇이든 못 풀 문제가 없을 것 같았다. 신탁에 관한 한 이들은 그야말로 환상적인 최고의 드림팀인 셈이었다.

"배꼽은 사람 몸의 한가운데 있어요. 즉, 세상의 배꼽은 세상의 중심이란 뜻이죠."

"옳거니. 일단 적어 놓자. 중심……."

"그리고 섬일 가능성이 커요. 바다 위에 있다고 했으니까."

"중심, 그리고 섬. 이것만 갖고는 잘 모르겠는데?"

"저, 혹시……."

눈을 꿈벅거리며 생각에 잠겨 있던 날라리야가 조심스럽게 말을 꺼냈다.

"줄이나 끈이랑 관계가 있는 거 아닐까요?"

"엥? 줄이라니?"

"배꼽은 탯줄이 달려 있던 곳이잖아요. 탯줄은 엄마랑 아기를 연결하는 끈이고, 아기를 먹여 살리는 밥줄이고, 근데 태어나면 그 밥줄이 끊어지고… 그럼 그때부턴 젖을 먹어야 되는데… 그러니까 제 말은……."

"날라리야!!"

"네?"

"대체 결론이 뭐야. 탯줄 달린 섬이라도 찾으라는 거야? 섬이 뭐 사람처럼 탯줄 달고 태어나는 줄 알아? 그럼 바닷물은 양수겠네?"

노빈손의 호통에 날라리야는 금세 울상이 되어 눈물을 글썽였다. 말리쟈가 옆구리를 쿡쿡 찔렀지만 노빈손은 여전히 도끼눈을 한 채 날라리야를 험상궂게 노려보았다. 도움을 못 주려면 가만이나 있을 것이지 말야. 탯줄이니 뭐니 황당한 얘기만 늘어놓고 있어. 얼굴은 꼭 말숙이처럼 생겨가지고서는…….

가만! 지금 뭐라고 했지? 탯줄? 탯줄이라구? 왜 그 단어가 갑자기 뇌리를 뒤흔드는 걸까? 이건 결정적인 영감이 떠오르기 직전에만 일어나는 현상인데……. 데구르르 구르던 노빈손의 눈동자가 차츰 한 곳으로 모이기 시작했다. 아아, 누굴까? 흐릿하게 떠오르는 저 얼굴은? 보인다, 보인다, 보인다……. 이윽고 터져 나온 벼락 같은 고함.

브라질 근처에 사는 녹색거북 암컷은 2~3년에 한 번씩 동네를 떠나 제가 태어난 고향인 대서양의 어센션 섬으로 간 다음 알을 낳고 다시 돌아온다. 녀석의 이동거리는 장장 2천 Km에 이르지만 회색고래의 장거리 여행에는 미치지 못한다. 북극해에 사는 회색고래가 새끼를 낳기 위해 찾아오는 캘리포니아까지의 거리는 무려 2만 2천 Km. 연어는 바다에서 강으로 이동하여 알을 낳은 다음 거기에서 죽는데, 개중엔 3천 Km 이상을 여행하는 녀석들도 더러 있다.

"다가마!!"

그 노인이었다. 파나마행 배에서 만났던 늙은 마도로스. 노빈손의 목숨을 구해 주고 대신 바다 속으로 사라져 간 사람. 그가 들려준 애기들 중 한 대목이 지금 이 순간 노빈손의 뇌리에 생생하게 떠오르고 있었다.

"섬 복판의 화산에서 연기가 치솟을 때면 그게 마치 하늘에서 뻗어 나온 탯줄처럼 보였다는 거야……."

거기야. 라파누이 섬. 거기가 바로 세상의 배꼽이야. 아아, 그리운 다가마 할아버지. 죽어서까지도 내게 이토록 힘이 되어 주다니. 노빈손은 빨갛게 충혈된 눈을 부비며 자꾸만 천장을 올려다보았다. 신탁을 풀었다는 기쁨보다 지금껏 그를 까맣게 잊고 있었다는 죄책감이 훨씬 더 무겁게 가슴을 짓누르고 있었다.

"왜 그래요?"

"응? 아, 아무것도 아냐."

뿌옇게 흐려진 천장을 한동안 노려본 뒤에야 노빈손은 겨우 눈물을 삭혔다. 말리쟈가 근심스러운 표정으로 그를 보고 있었고, 날라리야는 뭣 때문인지 눈을 질끈 감은 채 우두커니 서 있었다. 노빈손이 의아한 표정으로 물었다.

"날라리야, 왜 그러고 있어?"

“이젠 떠도 되나요?”

“무슨 소리야, 그게?”

“아까 도련님이 그러셨잖아요, 감으라고.”

“뭐? 내가 언제?”

“다 감아! 분명히 그렇게 말씀하셨…….”

푸하하—.

노빈손의 입에서 엄청난 양의 파편이 소나기처럼 쏟아져 나왔다. 말리쟈는 재빨리 얼굴을 돌린 덕분에 세수를 하는 선에서 그쳤지만 동작이 굼뜬 날라리야는 꼼짝없이 거기에 머리를 감아야 했다. 다가마를 ‘다 감아’로 오해한 죄로 공연히 눈 감고 졸지에 머리 감은 가엾은 날라리야.

하지만 아무래도 좋았다. 잠수정 속의 드림팀은 또 하나의 관문을 멋지게 통과한 것이다. 이제 남은 일은 오직 하나, 잠수정의 진로를 배꼽으로 돌리는 것뿐이었다.

미행 당하는 잠수정

“꼭 그렇게 빙 돌아가야 한단 말야?”

“어쩔 수 없어요.”

“정말 돌아가시겠군. 으이구, 속 터져.”

섬, 섬, 섬… 태평양의 폴리네시아

태평양의 섬들은 크게 3개의 구역으로 나뉜다. 괌과 사이판 등 적도 북쪽 서태평양의 섬들은 '미크로네시아(Micronesia : 작은 섬들)', 피지와 파푸아뉴기니 등 적도 남쪽 서태평양의 섬들은 '멜라네시아(Melanesia : 검은 섬들)' 라 부른다. 그리고 하와이와 뉴질랜드와 라파누이 섬을 꼭지점으로 하는 거대한 삼각형 해역에 속한 섬들을 '폴리네시아(Polynesia : 많은 섬들)' 라 부른다. 폴리네시아에 속한 섬의 개수는 약 350여 개다.

노빈손은 마치 고릴라처럼 주먹으로 가슴을 쾅쾅 두드렸다. 이건 말도 안 돼. 간신히 배꼽의 정체를 알아냈는데 가까운 길을 놔두고 먼 길로 돌아가야 하다니?

라파누이 섬의 위치는 남위 27도 10분에 서경 109도 21분. 무수한 섬들로 이루어진 남태평양 폴리네시아의 동쪽 끝이었다. 하와이에서 8천 Km, 호주에선 무려 9천 Km나 떨어져 있으며 제일 가까운 대륙인 남아메리카와의 거리만 해도 3천7백 Km나 되는 그 섬을 뱃사람들은 '지구에서 제일 외로운 섬' 이라 부르곤 했다.

북대서양의 지브롤터 해협에서 남태평양의 라파누이 섬으로 가는 방법은 세 가지였다. 가장 빠른 코스는 대서양을 곧장 서쪽으로 가로질러 파나마 운하를 통과하는 것. 두 번째는 남쪽으로 주욱 내려가서 남아메리카와 남극 대륙 사이의 드레이크 해협을 통과하는 것. 세 번째는 북쪽으로 한참 올라가서 북극해를 거쳐 러시아와 알래스카 사이의 베링 해협을 통과하는 것이었다.

첫번째 코스가 서울에서 대전 정도의 거리라면 두 번째는 부산까지 가는 거리였다. 그리고 세 번째는 거의 미국까지의 거리에 해당할 정도로 장거리였다. 당연히 첫번째 코스를 택해야 마땅한 상황인데 말리쟈가 대뜸 도리질을 쳤던 것이다. 동서 아틀란티스의 경계선인 '대서양 중앙 해령' 을 넘을 수 없다면서.

"그냥 몰래 넘어가면 안 될까?"

"말했잖아요. 침범하는 순간 경보가 울리고 군대가 출동하게 되어 있다구요. 전쟁이 일어날지도 모르는데 어떻게 그런 무모한 짓을 해요?"

"그쪽에다 부탁할 수도 있잖아. 한 번만 통과시켜 달라고."

"안 돼요. 설사 왕이 허락한다 해도 싸우리우스가 가만 있지 않을 거예요. 게다가 우리가 지금 하는 일이 들통날 수도 있구요."

"끄응— 그럼 어쩌란 말야."

"그냥 남쪽으로 가요. 좀 멀긴 하지만 그래도 세 번째 코스보다는 낫잖아요."

"그럼 남쪽에는 경계선이 없는 거야?"

"해령은 남극까지 이어져 있지만 경계선은 적도에서 끝나요. 원래 남대서양은 아틀란티스의 활동 영역이 아니거든요."

노빈손은 더 이상 고집을 부리지 못하고 힘없이 고개를 끄덕였다. 단 1분이라도 빨리 라파누이로 가고 싶어서 몸살이 날 지경이었지만 어쩔 수 없었다. 전쟁의 위험을 무릅쓰면서까지 경계선을 넘을 수는 없었기 때문이다.

"날라리야, 넌 이제 그만 왕궁으로 돌아가렴."

"네에? 왜요?"

2천 년 전에 태평양을 누빈 폴리네시아인

폴리네시아인들은 2천 년도 훨씬 더 전에 이미 드넓은 태평양을 누빈 타고난 항해사들이었다. 유럽인들은 그런 큰 바다가 있는지조차 까맣게 모르던 시절에 그들은 동식물을 잔뜩 실은 거대한 통나무 배를 타고 새로운 섬을 찾아 망망대해로 나아갔으며, 뉴질랜드와 하와이를 비롯한 수많은 섬들을 발견하고 그곳에 정착했다. 라파누이 섬에 맨 처음 발을 디딘 것도 그들이었다는 주장이 유력하다.

폴리네시아인들의 놀라운 막대 지도

폴리네시아인들은 나침반이나 망원경은 물론이고 지도조차 없던 시절에 어떻게 북태평양과 남태평양을 종횡무진 누빌 수 있었을까? 비밀은 그들의 막대 지도에 있다. 그들은 야자수 나무를 가로 세로로 엮어서 항로를 표시했고, 조개 껍데기로 섬의 위치를 표시했으며, 막대를 구부려 파도의 형태까지 표시했다고 한다. 그 지도는 150Km나 떨어진 섬도 찾아 갈 수 있을 만큼 정교했던 것으로 전해진다.

"가서 아바마마께 말씀드려. 어쩌면 2천 년간 풀리지 않던 신탁이 풀릴지도 모른다고."

"공주님이 직접 들러서 말씀드리면 되잖아요."

"안 돼. 그러면 일이 번거로워질 거야. 호위병을 딸려 보내실 게 뻔하거든. 빈손 씨는 그걸 원하지 않는다구. 그쵸, 빈손 씨?"

"응? 그, 그렇지."

노빈손은 화들짝 놀라며 공연히 말을 더듬었다. 생전 처음 들어 보는 '빈손 씨' 라는 호칭에 그만 넋이 나가 버렸던 것이다. 빈손 씨라, 거 참 듣기 좋네. 말숙이한테는 죽었다 깨어나도 못 들어 볼 말이잖아? 허구한 날 인마 전마 아니면 이놈 저놈인데…….

"거봐, 그러니까 니가 가서 아바마마께……."

"싫어요! 저도 같이 갈래요!"

날라리야가 눈물을 펑펑 쏟으며 말리쟈에게 매달렸다. 노빈손은 말리쟈가 너무 냉정하다 싶었지만 그렇다고 날라리야를 두둔할 수는 없었다. 그 역시 다른 사람들이 이번 일에 개입하는 걸 원치 않았던 것이다.

"흑흑― 알았어요. 대신……."

목놓아 울던 날라리야가 문득 간절한 표정으로 고개를 들었다.

"적도까지만이라도 배웅하게 해주세요. 그건 괜찮죠?"

"안 돼. 왕궁 근처까지 데려다 줄 테니까 거기서 헤어져. 적도에서 혼자 어떻게 돌아가려구 그래?"

"괜찮아요. 지나가는 잠수정 세워서 타고 가면 된단 말이에요. 흑흑— 공주님, 제발……."

잠수정을 세운다구? 아틀란티스에도 야타족이 있나? 하지만 야타족들이 날라리야를 태워 줄 리가 없잖아. 말숙이 보니까 차들이 아예 다른 길로 피해 가던데…….

노빈손은 날라리야의 말이 영 미심쩍었지만 한편으론 측은한 생각도 들었다. 저렇게 슬퍼하는 것도 따지고 보면 다 자기 때문이 아니던가.

"말리쟈, 그렇게 해. 알아서 타고 간다잖아."

말리쟈는 하는 수없이 날라리야의 청을 받아들였다. 지브롤터 해협을 떠난 잠수정이 적도에 도착한 건 해가 거의 다 떨어진 저녁 무렵이었다.

"흑흑— 도련님, 부디 몸조심하셔야 돼요."

날라리야는 잠수정이 사라진 뒤에도 한참 동안 눈물을 쏟으며 남쪽 바다를 쳐다보았다. 그러고는 왕궁으로 돌아가기 위해 힘없이 몸을 돌렸다. 다음 순간,

"꺄악—."

껄끄러운 비명소리가 바다를 뒤흔들었다. 불량스럽게 생긴 수중 인간 대여섯 명이 음산한 표정을 지으며 다가오고

노빈손보다 더 억울한 페니키아 선원들

노빈손이 남아메리카 대륙을 한바퀴 돌아야 하듯 기원전 6백 년의 페니키아 선원들도 아프리카 대륙을 한 바퀴 돌아야 했다. 그들은 아프리카를 한 바퀴 돌아 보길 원했던 이집트의 파라오 네초 2세를 태우고 항해에 나섰는데, 당시만 해도 아프리카가 얼마나 큰지 몰랐기 때문에 다들 '가벼운 유람' 정도로만 여겼다. 하지만 결과는? 홍해를 떠나 아프리카 남단까지 가는 데 1년이 걸렸고, 서쪽 해안을 따라 지중해까지 올라오는 데 또 1년이 걸렸다고 한다. 만일 그들이 홍해와 지중해를 연결하는 수에즈 운하를 본다면 노빈손보다 훨씬 더 억울함을 느낄 게 분명하다.

있었던 것이다. 특히 그 중의 한 명은 눈초리가 쏘가리를 닮은 걸로 봐서 몹시 무시무시하고 잔인한 인물인 게 분명했다.

"다, 당신들은 누구죠?"

"흐흐흐. 네가 바로 말리쟈의 몸종이렷다?"

"그, 그런데요?"

"공주는 어디로 갔지? 같이 간 놈은 누구야? 허튼소리 해봐야 소용없어. 그들이 신전에 들어갔을 때 이상한 광채가 나타났다는 정보를 이미 듣고 왔으니까."

"이, 이제 보니 당신은… 싸우리우스?"

"흐흐. 감히 몸종 따위가 내 이름을 입에 담다니."

"모, 몰라요. 난 오리하르콘 같은 건 본 적도 없단 말이에요."

"뭣이? 오리하르콘?"

아차차—. 날라리야는 자기가 실수했음을 깨닫고 황급히 입을 다물었다. 하지만 싸우리우스는 뭔가 심상치 않은 일이 벌어지고 있음을 이미 눈치채 버린 듯했다.

"조지리우스."

"넷!"

"30분 내로 자백을 받아 내. 수단과 방법을 가리지 말고. 알았나?"

"알았슴다!"

일본 순사처럼 생긴 조지리우스가 잔인한 웃음을 흘리며 다가왔다. 날라리야도 익히 그 이름을 들은 바 있는 무시무시한 고문 기술자였다. 날라리야의 몸이 공포로 인해 뻣뻣하게 굳어 오고 있었다.

30분 뒤, 싸우리우스를 태운 전투용 잠수정이 무시무시한 속도로 남태평양을 향해 내달리기 시작했다.

신비의 섬 라파누이

너무나 넓은 바다였다. 그리고 너무나 외로운 섬이었다. 대륙은 물론이고 폴리네시아의 다른 섬들로부터도 홀로 까마득하게 떨어져 있는 곳. 보이는 것이라고는 오직 광활한 바다와 하늘 높이 치솟은 화산, 그리고 수호신처럼 늠름하게 섬을 지키고 서 있는 거대한 모아이 석상들뿐이었다.

모아이들은 더러는 바다를 향해, 그리고 더러는 섬 안쪽을 향해 고개를 치켜들고 있었다. 엄청나게 큰 가분수 머리, 화살처럼 뾰족한 코, 그리고 부처님처럼 축 늘어진 귀. 게다가 다들 상체만 있고 다리가 없었다. 서양 백인들의 얼굴을 닮은 듯한 신비로운 석상들의 머리 위로 가마우지들이 떼지어 날아다녔다.

화산 폭발이 만들어낸 외로운 섬 라파누이

라파누이는 수중 화산 폭발에 의해 생겨난 작은 화산섬이다. 섬의 둘레는 약 60여 km에 불과하며 면적도 179 km밖에 안 된다. 전체적으로 삼각형 모양을 하고 있으며 북쪽의 라노아로이 화산, 동쪽의 포이케 화산, 그리고 남서쪽의 라노카이 화산 등 3개의 휴화산을 꼭지점으로 하고 있다.

신비의 석상 모아이

라파누이 섬엔 약 1천여 개의 모아이가 있으며 높이는 3.5~5.5m 정도이고 무게는 20~30t 정도다. 하지만 가장 큰 모아이는 키가 10m나 되며 무게도 90여 t에 이른다. 최초의 모아이는 4~5세기경에 세워진 것으로 추측되지만 누가 왜 어떤 방법으로 만들었는지에 대해서는 의견만 분분할 뿐 정확히는 아무도 모른다. 아틀란티스 후예들의 솜씨라고도 하고, 잉카인들이 만들었다고도 하며, 외계인들의 작품이라는 주장도 나온 바 있다.

"여기가 정말 세상의 배꼽이긴 한 걸까요?"

"틀림없어. 비록 지금은 화산이 활동을 멈췄지만 옛날엔 탯줄 같은 연기가 늘 피어오르고 있었다구. 바스코 다가마의 후손에게 직접 들은 얘기란 말야."

"그럼 바다는 어떻게 밝히죠?"

"글쎄?"

노빈손은 막막한 기분으로 섬을 바라보았다. 신의 눈도 찾았고 배꼽도 찾았는데 신탁은 여전히 오리무중이었던 것이다. 그냥 오리하르콘으로 바다를 비추라는 얘긴 아닐 텐데……. 결정적인 순간마다 늘 뇌리를 스치곤 하던 노빈손의 영감도 오늘은 전혀 감감무소식이었다.

"일단 섬을 한 바퀴 둘러봐야겠어. 그럼 뭔가 떠오를지도 모르잖아?"

"둘이서요?"

"왜? 같이 다니면 좋잖아. 데이트도 할 겸."

"바보 같으니… 난 육지에선 돌아다닐 수가 없단 말이에요."

아차차, 그렇지. 노빈손은 그제서야 말리쟈가 자기와는 다른 수중 인간임을 깨달았다. 발이 지느러미로 변했는데 어떻게 울퉁불퉁한 땅 위를 걸어다닐 수 있단 말인가. 슬픈 표정으로 고개를 젓는 말리쟈를 보며 노빈손은 황급히 머리를 굴리기 시작했다. 큰일이네. 어떻게 이 실수를 만회한다지?

"좋은 수가 있다!"

"뭔데요?"

"내가 널 업고 다니는 거야. 남들은 니 다리를 못 볼 거 아냐. 치마를 입었으니까."

"괜찮을까요? 무거울 텐데……."

말은 그렇게 하면서도 말리쟈는 당장 업어 달라는 듯 함박웃음을 지었다. 성공이다, 조금 전의 실수를 단번에 만회했구나. 말리쟈에게 등을 내주며 돌아앉는 노빈손의 입가에 회심의 미소가 떠오르고 있었다.

"헉헉헉—."

"많이 힘들어요? 좀 쉴까요?"

"괜찮아. 아까 쉬었는데 뭐."

노빈손은 마치 더위 먹은 노새처럼 혀를 길게 빼고 헉헉거렸다. 그는 지금 말리쟈를 업고 가파른 산길을 오르는 중이었다. 처음엔 솜처럼 가볍던 말리쟈가 점점 무거워지더니 이젠 아예 쇳덩어리같이 느껴지고 있었다.

노빈손이 다른 산들을 다 제쳐두고 유독 이 화산에 오르기로 한 건 일종의 육감 때문이었다. 안개로 둘러싸인 분화구를 쳐다보는 순간 왠지 누군가가 자길 부르는 것 같은 느낌이 들었던 것이다. 어쩌면 다가마 노인이 말했던 탯줄 같

라파누이의 슬픈 200년

사람이 살기 시작한 서기 400년 이래 약 1천3백 년간 라파누이는 외부 세계와 별다른 충돌을 겪지 않은 채 독특한 거석문화를 일구었다. 그러나 18세기초에 이 섬을 발견한 유럽인들과 남아메리카 사람들은 원주민들을 그냥 놔두지 않았다. 19세기 중반부터 시작된 페루인들의 노예 사냥, 그리고 같은 시기에 섬을 휩쓴 천연두는 섬의 인구를 엄청나게 감소시켰고, 쇠락을 거듭하던 라파누이는 결국 1888년에 칠레에 합병되어 버리고 만다.

은 연기는 바로 이 화산에서 솟아올랐을지도 모른다는 생각이었다.

"헉헉— 이제 조금만 더 가면 된다."

"꼭대기에 아무것도 없으면 어떡하죠?"

"괜찮아. 최소한 섬 전체를 한번 둘러볼 수는 있을 테니까."

정상이 다가오자 노빈손은 문득 온몸에 힘이 솟구치는 걸 느꼈다. 등을 짓누르던 중량감이 차츰 줄어들었고, 덕분에 발걸음도 눈에 띄게 경쾌해졌다. 말리쟈의 몸이 종잇장처럼 가볍게 느껴지는 순간, 갑자기 시야가 탁 트이면서 감청색의 하늘과 바다가 동시에 눈에 들어왔다. 정상이었다.

"어엇!"

노빈손은 움찔하며 그 자리에 우뚝 멈춰 섰다. 구름이 흐르는 라파누이의 산봉우리. 절벽 끝에서 한 노인이 말없이 바다를 굽어보고 있었다.

연금술사가 들려준 전설

노빈손은 말리쟈를 내려놓고 크게 심호흡을 한 다음 조심스럽게 노인에게 다가갔다. 노인 역시 인기척을 느꼈는지 노빈손을 향해 느릿느릿 몸을 돌리기 시작했다. 둘의 눈길이 마주치는 순간,

"오오!"

노인은 경악한 표정으로 외마디 비명을 내지르며 그 자리에 털썩 주저앉았다. 덩달아 놀란 노빈손이 휘둥그레진 눈으로 뭔가 말을 하려는 순간, 노인이 갑자기 무릎을 꿇더니 떨리는 목소리로 부르짖기 시작했다.

"호투마투아! 호투마투아!!"

"할아버지, 왜 그러세요?"

노인의 눈이 잠시 멍하게 변했다. 노빈손을 위아래로 훑어보는 그의 얼굴에 커다란 실망감이 떠오르기 시작했다. 노빈손은 도무지 영문을 모르겠다는 듯한 표정으로 멀뚱멀

전설 속의 왕 호투마투아

호투마투아는 라파누이에 최초로 상륙했다는 전설 속의 왕이다. 그는 커다란 카누를 타고 7명의 부하들과 함께 라파누이로 와서 자신의 왕국을 세웠다고 전해진다. 학자들의 연구에 의하면 이 섬에 최초로 인간이 살기 시작한 건 약 1600년 전이며, 그들은 폴리네시아의 마르키즈 제도에서 왔을 가능성이 크다고 한다. 이와 달리, 그들이 폴리네시아가 아니라 중앙 아메리카나 남아메리카 사람들이었을 거라는 주장도 있다.

뚱 노인을 보고 있었다.

"너는… 너는 누구지?"

"난 한국에서 온 노빈손이에요. 쟤는 말리쟈구요."

"노빈손? 정말로 호투마투아가 아니란 말이냐?"

"대체 호투마투아가 누군데 그러세요?"

노인은 길게 한숨을 내쉬더니 말없이 바다 쪽으로 고개를 돌렸다. 그러고는 울음 섞인 목소리로 혼잣말을 늘어놓았다.

"호투마투아 왕이시여, 당신은 오늘도 오지 않으시나이까. 간밤에 꿈자리가 심상치 않아 새벽부터 이리로 올라왔거늘……."

이어서 노빈손을 돌아보며 아쉬운 표정으로 말했다.

"미안하다. 내가 사람을 깜박 잘못 봤구나. 꿈에 본 호투마투아의 모습과 너무 비슷해서 그만… 난 연금술을 연구하는 그미지롱이라고 한다."

연금술? 싸구려 쇠붙이들로 금을 만든다는? 요즘 세상에 아직도 그런 허무맹랑한 걸 연구하는 사람이 있단 말야? 아무리 외딴 섬이기로서니. 고개를 갸웃거리는 노빈손을 대신하여 이번엔 말리쟈가 입을 열었다.

"근데 호투마투아는 누군가요? 할아버진 왜 그를 기다리시는 거죠?"

"호투마투아는 2천 년 전 이 섬에 처음으로 문명을 전한 사람이란다. 그 분은 일곱 명의 사자들을 거느리고 와서 평화로운 왕국을 세우셨지."

"아니 그럼, 돌아가신 분을 기다리고 있었단 말인가요?"

노빈손이 황당하다는 표정으로 반문하자 노인은 갑자기 엄숙한 표정을 지으며 노빈손을 휙 노려보았다.

"라파누이의 전설을 무시하는 말은 삼가거라. 그 분은 반드시 돌아오실 거야. 그래서 몰락한 왕국을 재건하고 '테 피토 테 헤누아'의 영광을 재현하실 게다."

"테 피토 테 헤누아? 그게 무슨 뜻인데요?"

"호투마투아가 세웠던 왕국의 이름이지. 이곳 말로 '지구의 배꼽'이라는 뜻이란다."

"어머나!!"

"배꼽이라구요?"

노빈손과 말리쟈가 동시에 눈을 부릅뜨며 고함을 질렀다. 배꼽! 조금 전까지만 해도 긴가민가했던 그 배꼽이 정말로 여기였구나. 감격에 겨워 서로 손바닥을 맞부딪치며 기뻐하는 두 사람을 노인이 의아한 눈빛으로 쳐다보았다.

"왜들 그러지?"

"아, 아무것도 아니에요."

"저흰 원래 늘 이래요. 워낙 사이가 좋다 보니까… 아참, 할아버진 연금술사라고 했죠? 금을 만들긴 만들었나요?"

"난 금 따위엔 손톱만큼도 관심이 없단다. 내가 연금술

지구의 배꼽 라파누이

라파누이는 1888년에 칠레의 영토로 편입되었으며 정식 명칭은 '이스라 데 파스크와'다. 스페인어로 '파스크와 섬'이라는 뜻이다. 하지만 외국인들 사이에선 네덜란드의 로헤벤 제독이 1722년 부활절날 이 섬을 발견한 뒤에 붙인 '이스터 섬(부활절의 섬)'이라는 이름으로 더 널리 알려져 있다. 원주민들은 요즘엔 자기들의 섬을 '라파누이(큰 섬)'라 부르지만 원래 이름은 '테 피토 테 헤누아(지구의 배꼽)'였다고 한다.

고대 사회에는 세계의 중심이 되는 장소나 물체를 숭배하는 '옴팔로스(배꼽) 신앙'이 있었으며, 고대 그리스의 델포이 신전 중앙에 박힌 돌의 이름도 옴팔로스였다. 고대인들이 배꼽을 숭배한 이유는 그것이 인체의 중심인 동시에 어머니와 태아를 연결하는 생명의 통로이기 때문. 델포이 신전의 옴팔로스는 세상의 중심일 뿐 아니라 하늘과 땅, 산 자와 죽은 자, 그리고 인간과 신을 연결해 주는 신성한 장소였다.

사가 된 건 금이 탐나서가 아냐."

"그럼요?"

"내가 만들려고 하는 건 눈동자란다."

"눈동자라뇨?"

노인은 은빛 머리카락을 바람에 휘날리며 아련한 눈빛으로 바다를 굽어보았다. 남태평양의 기나긴 수평선 위로 물새들이 유유히 날아가고 있었다.

"라파누이엔 오랫동안 전해 내려오는 전설이 있지. 모아이의 눈이 오색으로 빛나는 날, 바다에 쌍무지개가 뜨면서 호투마투아가 돌아온다는… 하지만 세상 어디에도 오색으로 빛나는 보석은 없단다. 그래서 내가 그걸 만들어 보려는 거야."

쿵—. 노빈손의 가슴에서 천둥치는 소리가 들려왔다. 오색의 빛이라면, 게다가 쌍무지개라면… 그건 바로 두 개의 오리하르콘을 의미하는 게 아닌가. 말리쟈의 얼굴이 빨갛게 상기되는 게 보였다. 그녀 역시 지금 노빈손과 똑같은 생각을 하고 있는 것이다.

"혹시… 할아버지가 만들려는 보석이 이런 건가요?"

노빈손은 조심스럽게 주머니를 끌렀다. 파파파팟—. 눈이 멀어 버릴 듯한 찬란한 광채가 하늘과 바다를 휘감으며 퍼져 나갔다. 노인의 눈과 입이 아까 노빈손을 처음 보았을 때보다 두 배나 더 크게 벌어지고 있었다.

"오오!! 이 빛은……."

노인이 갑자기 날아갈 듯 자리를 박차며 튕겨 일어섰다.
그러고는 눈물을 철철 흘리며 노빈손에게 큰절을 해대기
시작했다.

호투마투아의 상형문자

"제발 그만하세요. 난 호투마투아가 아니란 말이에요."

"아닙니다, 당신은 분명 호투마투아입니다. 그렇지 않고
서야 어떻게 이 보석을 두 개씩이나 지닐 수 있단 말입니
까?"

"글쎄 난 아니라니까요."

"어젯밤 꿈에 나타난 그 분의 모습은 분명 당신과 똑같
았습니다. 대머리에 노새 얼굴에 앙상한 골격에… 비록 전
설에 나오는 위풍당당한 모습과는 차이가 있지만 무슨 상
관입니까. 이렇게 잊지 않고 돌아와 주셨는데."

"이거야 원."

노빈손은 난감한 표정으로 말리쟈를 쳐다보았다. 그녀는
당황스런 와중에도 노빈손보다는 훨씬 침착한 표정으로 뭔
가를 생각하고 있었다. 노인이 말한 라파누이의 전설이 포

라파누이에서 호투마투아와
7명의 사자들에 대한 전설
은 우리나라의 단군신화에
비길 정도로 비중이 높다.
원주민들 중엔 지금도 호투
마투아를 종교의 대상으로
숭배하는 사람들이 있을 정
도다. 섬 중앙의 목초지에는
7개의 모아이가 바다를 바
라보며 서 있는데, 그건 전
설 속의 일곱 사자들을 기다
리는 모아이라고 한다. 모아
이들의 시선이 춘분과 추분
의 일몰 방향을 향하고 있는
걸로 봐서 종교뿐 아니라 천
문학적 성격도 띠고 있는 것
으로 추측된다.

롱고롱고(Longo Longo)는 라파누이의 원주민들이 오랜 옛날부터 사용해 온 독특한 상형문자로 그들 언어로는 '창문'이라는 뜻이다. 19세기 중반에 이 섬에 들이닥친 페루의 노예상인들이 원주민들의 2/3를 납치했고 그나마 남아 있던 원주민들마저 천연두로 대부분 사망하면서 롱고롱고는 아무도 해독하지 못하는 수수께끼 문자가 되었다. 학자들이 롱고롱고를 조금씩이나마 해독할 수 있게 된 건 1950년대의 일이다.

세이돈의 신탁과 깊이 관련되어 있음을 직감적으로 깨닫고 있는 듯했다.

"할아버지."

"네, 왕비마마."

크으— 왕비라니. 그럼 말리쟈가 내 각시라는 거야? 노빈손은 난처함과 흐뭇함이 절반씩 섞인 표정으로 눈을 멀뚱거렸다. 말숙이가 알면 길길이 뛰면서 거품을 물겠지만 뭐 어때. 어차피 둘 다 똑같은 '말' 자 돌림인데…….

"혹시 전설과 관련해서 더 알고 있는 게 없나요?"

"더 이상은 모릅니다. 아까 말한 게 전부니까요. 하지만 전설이 실현되는 날 호투마투아 왕의 오랜 소원이 이루어진다는 얘긴 들은 적이 있습니다. 그 분이 그런 예언을 롱고롱고로 남기셨다고……."

"롱고롱고라뇨?"

"아차차— 내 정신 좀 보게. 너무 흥분해서 그만……."

노인은 공손하게 두 손을 모으고 일어나서 뒷걸음질을 쳤다. 신하가 임금 앞에서 엉덩이를 보이지 않는다는 건 조선시대나 여기나 마찬가지인 듯했다. 잠시 후, 그가 제 망태기에서 꺼내 온 건 팔만대장경처럼 생긴 낡은 목판이었다.

"친필로 적으셨던 롱고롱고입니다. 오직 전하만이 다시 이 글을 읽을 자격이 있으십니다."

"대체 롱고롱고가 뭔데요?"

"라파누이의 상형문자 이름입니다. 직접 쓰신 분이 그걸 모르시다뇨?"

"그게… 워낙 오래전의 일이라서."

노빈손은 말을 얼버무리며 목판을 받아들었다. 신탁을 풀려면 아무래도 당분간은 호투마투아 왕으로 행세하는 게 좋을 듯했다. 목판에는 갑골문자처럼 생긴 그림들과 사우디 문자 같은 꼬불꼬불한 글씨들이 가득 적혀 있었다.

"저는 여기에 뭐가 적혀 있는지 모릅니다. 이미 오래전에 이 문자의 사용이 중단되었기 때문에… 하지만 읽을 줄 안다 해도 절대 읽지 않았을 겁니다. 호투마투아 왕이 돌아오기 전까진 누구도 읽어서는 안 된다는 게 조상들의 명령이었으니까요."

맙소사! 그럼 날더러 이걸 직접 읽으라는 거야? 지렁이가 기어가는 것 같은 이 옛날 글자들을? 막막한 심정으로 롱고롱고를 훑어보던 노빈손의 귀에 앗 하는 말리쟈의 탄성소리가 들려 왔다.

"어머! 이 글씨는?"

"왜 그래? 아는 글자라도 있는 거야?"

"이건… 아틀란티스의 고대 문자예요. 틀림없어요. 왕립학교 고전 시간에 배운 적이 있거든요."

"엥? 그게 정말이야?"

롱고롱고에 담긴 천지창조
롱고롱고를 연구하던 독일의 토머스 바르텔은 1956년에 150~2,000개의 문자를 조합할 수 있는 120개의 기본 문자를 해독했다. 이어 1990년대에는 미국의 언어학자 스티븐 피셔가 롱고롱고의 주요 법칙을 발견함으로써 길이 126cm, 두께 5.6cm의 '산티아고 막대기'에 쓰여진 2,300개의 롱고롱고 문자를 해독해 냈다. 그에 의하면 산티아고 막대기엔 천지창조에 관한 원주민들의 전설이 자세히 적혀 있었다고 한다.

롱고롱고는 지도자의 문자

롱고롱고는 지위가 낮은 원주민들은 사용할 수 없는 문자였다. 지위가 높은 라파누이의 지도자들만이 이 문자를 익힐 수 있었으며, 그들은 긴 목판에 상어 이빨로 롱고롱고를 새겨서 보관했다고 한다. 축제 때는 섬에서 지위가 가장 높은 사람이 신으로부터 영적인 힘을 얻기 위해 롱고롱고를 낭독했다. 지금 라파누이 섬의 박물관엔 롱고롱고가 새겨진 '코하우 롱고롱고'라는 목판이 전시되어 있다.

노빈손은 반색을 하며 말리쟈에게 목판을 건넸다. 남태평양의 라파누이 섬에 어떻게 아틀란티스의 고대 문자가 전해졌을까. 노인 역시 베일에 가려 있던 라파누이의 비밀이 궁금한 듯 짓무른 눈을 반짝거리고 있었다.

"이럴 수가……."

롱고롱고를 읽는 말리쟈의 손이 부르르 떨렸다. 그녀의 눈이 마치 터지기 직전의 풍선처럼 크게 부풀어 오르고 있었다.

롱고롱고에 담긴 슬픈 사연

오지 않는 벗들을 기다리며 바다를 내려다본 지 어언 70년. 이제 내 몸은 늙고 쇠하여 더 이상 기다릴 수가 없다. 충성스런 내 백성들을 위해, 그리고 언젠가 부활할 조국 아틀란티스를 위해 여기에 내 모든 이야기를 남겨 놓는다……

"뭐라구?"

노빈손은 뜨거운 물을 뒤집어쓴 사람처럼 펄쩍 뛰며 고함을 질렀다. 아틀란티스라니! 그럼 호투마투아 왕이 아틀란티스 사람이었단 말야? 어떻게 그런 일이… 하지만 뒤이

178

어 나오는 내용은 훨씬 더 놀라운 것이었다.

1만 년 전, 아틀란티스가 신의 노여움을 사서 바다에 가라앉았을 때 요행히 침몰을 피한 사람들이 있었다. 새로운 식민지를 개척하기 위해 항해 중이던 선장과 선원들이었다.

그들은 대서양 서쪽에서 아틀란티스보다 훨씬 큰 두 개의 땅덩이를 찾아냈고, 그 땅덩이들을 위아래로 잇는 길고 가느다란 육지에 닻을 내렸다……

"대서양 서쪽의 큰 땅덩이라면… 아메리카 대륙?"

"맞아요."

"그럼 그들이 상륙한 곳은……."

아메리카 대륙을 남북으로 잇는 길고 가느다란 육지. 그곳은 말할 것도 없이 중앙 아메리카였다. 멕시코에서 과테말라로 이어지는 마야 문명의 발생지가 바로 그 지역인 것이다. 노빈손의 머리에 뭔가 중요한 사실이 떠오를락 말락 하고 있었다.

돌아갈 고향을 잃은 그들은 결국 그곳에 정착하여 후손들을 낳았으며, 아틀란티스가 부활하는 날까지 부족의 이름을 짓지 말라는 유언을 남겼다. 그로부터 1만 년. '무명족'의 제사장을 맡고 있던 내게 어느 날 신의 메시지가 전해졌다. 멀리 남태평

신탁은 누가 어떻게 받았을까?

신탁은 신이 인간에게 내려주는 계시나 명령 등을 뜻한다. 신으로부터 계시를 받고 싶어 하는 의뢰인이 직접 받는 경우도 있고 영매나 주술사, 제사장 등이 받는 경우도 있다. 의뢰인이 직접 받을 때는 신전에서 잠을 자면서 꿈속에서 신을 만났고, 영매는 신을 불러내서 대화한 뒤 그 내용을 사람들에게 전했다. 대부분의 신탁은 포세이돈의 그것과 마찬가지로 알쏭달쏭하고 비유적인 표현으로 이루어진다.

양의 작은 섬으로 이주하여 훗날 찾아올 아틀란티스인들을 기다리라는 것이었다. 하지만 그날이 언제 올지는 신조차도 알지 못했다. 1천 년? 2천 년? 어쩌면 또다시 1만 년을 더 기다려야 할지도…….

"가만! 침몰한 지 1만 년 뒤라면……."

"포세이돈이 부활의 신탁을 내린 바로 그 무렵이에요."

"그렇구나. 신은 한편으로는 아틀란티스인들에게 신탁을 내렸고, 또 한편으로는 호투마투아 쪽 사람들에게 메시지를 보낸 거야. 미리 와서 동족들을 기다리고 있으라고 말야. 신탁을 풀려면 당연히 이곳으로 와야 하니까."

"계속 읽어 볼게요."

하지만 사람들은 그 메시지를 거부했다. 1만 년간 정든 땅을 떠나는 게 싫었고, 또다시 기약없는 기다림으로 살아야 한다는 게 두려웠던 것이다. 결국 나 호투마투아와 7명의 사제들만이 신의 뜻을 따르기로 했고, 나머지 사람들은 그곳에서 더 이상 '무명족'이 아닌 새로운 이름의 부족으로 살아가기로 했다. 그리고 신과 조상들에게 속죄하는 뜻에서 바다를 떠나 깊은 정글 속으로 영토를 옮기기로 했다. 찬란했던 아틀란티스의 문명을 이을 그 부족의 이름은 '마야'였다…….

“마야!!”

“마야라구?”

그렇군! 마야 문명 역시 아틀란티스의 후손들이 건설한 거였어. 그래서 마야의 유적지인 재규어 신전에 오리하르콘이 묻혀 있었던 거야. 마야의 예언가들이 아틀란티스의 부활을 예언했던 것도 그 때문이고. 노빈손은 조금 전에 머리에 오락가락했던 게 바로 그거였음을 비로소 깨달았다. 베일에 가려 있던 신탁의 수수께끼가 조금씩 풀려 가고 있었다.

섬에 도착하여 ‘테 피토 테 헤누아’ 왕국을 세우고 원주민들을 다스리며 하염없이 동족들을 기다리던 어느 날, 난 꿈속에서 그리운 동족들을 만났다. 놀랍게도 그들은 나와는 전혀 다른 어인(漁人)의 모습을 하고 있었다. 머리통은 작아졌고, 머리카락은 다 빠졌으며, 다리는 다만 희미한 흔적으로만 남아 있었던 것이다.

형벌의 결과가 얼마나 참혹했는지 깨닫고 통곡으로 세월을 보내던 나는 문득 결심했다. 그들을 닮은 석상들을 섬 곳곳에 세우겠노라고. 그래서 내가 그들을 잊지 않고 기다리고 있었음을 보여 주겠노라고.

하지만 다리는 차마 만들 수 없었다. 물고기처럼 변해 버린 그 다리만은. 대신 머리라도 지금보다 크게 만들어 주는 게 내가 할 수 있는 최선의 방법이었다……

신비로운 정글 문명, 마야

마야는 놀라운 과학 수준을 지닌 신비의 문명이었다. 마야족은 ‘수학의 원조’라는 유럽인들조차 근대에 이르러 겨우 깨달은 0(zero)이라는 개념을 그때 이미 활용하고 있었다. 또 금성과 달의 운행 주기를 365.2420으로 계산했는데, 이는 현대과학이 밝혀낸 365.2422와 겨우 0.0002의 차이만을 보이고 있다. 그들의 기원과 멸망은 아직까지도 정확히 밝혀지지 않았으며, 특히 다른 문명들과 달리 정글 속에서 번성했다는 점은 가장 큰 수수께끼로 남아 있다.

모아이의 모습에 얽힌 수수께끼

모아이의 모습은 사람들 사이에서 숱한 궁금증과 논란을 불러일으켰다. 왜 머리가 그렇게 큰지, 왜 다리가 없는지, 그리고 무엇보다도 왜 원주민들의 모습을 전혀 닮지 않았는지. 어떤 사람은 모아이의 모델이 유럽인이라고 주장한다. 또 어떤 사람은 외계인들이 제 모습을 석상으로 남겨 놓았다고 주장한다. 어쨌거나 검은 머리의 폴리네시아인들이 사는 섬에 눈이 움푹하고 코가 뾰족한 가분수 석상이 서 있는 이유에 대해선 누구도 명확한 설명을 못 하고 있다.

“아아―.”

노빈손은 그제서야 라파누이 섬의 모아이들에게 왜 다리가 없는지, 그리고 왜 그토록 큰 머리를 갖고 있는지 깨달았다. 그리고 남태평양 외딴 섬의 석상 얼굴이 왜 유럽의 백인들을 닮았는지도 알 수 있었다. 그 얼굴의 주인공은 다름 아닌 아틀란티스인들이었던 것이다.

노빈손의 코끝이 문득 찡해졌다. 눈물을 뿌리며 석상을 다듬던 호투마투아의 모습이 머리 속에 생생하게 그려지고 있었다.

이제 난 곧 세상을 떠날 것이다. 하지만 석상을 만드는 일은 백성들에 의해 영원히 이어질 것이다. 그리운 동족들이 이 섬으로 돌아오는 그날까지. 신의 메시지에 의하면 그들은 두 개의 오리하르콘을 지니고 바다를 밝히러 온다고 했다.

나는 그 보석들이 모아이의 눈동자가 되어 주었으면 한다. 그래서 최초로 만든 모아이의 눈동자 부분을 비워 두었다. 나의 첫 상륙지에 세운 그 모아이가 훗날 동족들의 손에 의해 완성될 것을 생각하니 너무나도 가슴이 벅차 오른다.

언젠가 모아이의 눈이 오색으로 빛나고 바다 위에 찬란한 쌍무지개가 뜨는 날, 그리하여 조국의 부활이라는 나 호투마투아의 소원이 이루어지는 날, 난 다시 이 섬을 찾을 것이다. 비록 육신은 사라졌을지언정 혼령이나마 되돌아와서 그 기쁨을 누리

리라. 부디 그날이 하루라도 빨리 찾아오기를.

위대한 아틀란티스의 후예

호투마투아

롱고롱고는 그렇게 끝났다. 노빈손과 말리쟈는 아득한 표정으로 서로를 바라보며 긴 한숨을 내쉬었다. 1만 년의 형벌, 그리고 2천 년의 기다림. 슬픈 역사를 간직한 라파누이의 하늘에서 눈물처럼 빗방울이 돋고 있었다.

5

가장 오래된 모아이

"정말 놀라워. 이 작은 섬에 그토록 큰 비밀이 숨어 있었다니."

"난 호투마투아가 너무 가엾어요. 동족들이 그리워서 어떻게 눈을 감았을까?"

"하지만 결국은 이렇게 돌아오시지 않았습니까?"

노인은 여전히 노빈손을 호투마투아라고 믿고 있는 듯했다. 그리고 호투마투아가 옛 기억을 깡그리 잊어버린 걸 못내 안타까워하는 듯했다. 노빈손도 이젠 더 이상 말하기가 귀찮은 듯 건성으로 호투마투아 흉내를 내고 있었다.

"이곳 백성들은 전하의 뜻을 받들어 1천5백 년간이나 계속 모아이를 만들었습니다. 전하와 7명의 사자들을 기리는 모아이까지 따로 세웠구요. 보시면 전하께서도 아마 매우 좋아하실 겁니다."

"기특한지고."

"하지만 3백 년 전부터 왕국이 급속히 쇠퇴하면서 모아이 제작이 중단되어 버렸고, 대신 조인(鳥人)을 뽑는 풍습이 생겨났습니다. 모아이 대신 다른 방식으로 전하의 뜻을 이으려는 거였죠."

"조인? 날아다니는 사람?"

"그렇습니다. 매년 가장 용감한 전사를 뽑아 '조인'이라는 칭호를 붙이고 1년간 섬을 다스리게 했던 거죠. 전하께서 생전에 늘 바다를 굽어보시던 오롱고 절벽이 바로 조인을 뽑는 성역이었습니다."

"그게 어딘데?"

"어디라뇨? 바로 여기잖습니까. 건망증이 정말 심각하시군요."

노인은 눈을 둥그렇게 뜨고 노빈손을 쳐다보았다. 그러고는 아까 서 있던 절벽의 아래쪽을 손으로 가리켰다. 태평양을 딛고 선 깎아지른 절벽. 파도가 하얗게 부서지는 그 절벽의 바위 표면에 커다란 그림 하나가 새겨져 있었다. 큰 날개를 펴고 날렵하게 창공으로 날아오르는 조인의 모습이었다.

"전하를 그리워하던 백성들이 3백 년 전에 새긴 그림입니다. 전하께선 입버릇처럼 그러셨다면서요? 사람도 새처럼 하늘을 날 수 있다면 얼마나 좋을까라고."

노빈손은 호투마투아의 마음을 알 것 같았다. 바다에 갇힌 동족들을 못내 안타깝게 여기다 보니 자연히 그런 생각을 하게 된 것이리라. 그들에게 날개만 있다면 즉시 바다를 박차고 솟아올라 한달음에 이리로 날아올 수 있었을 테니.

"세월이 흐르면서 전하를 기억하는 백성들이 차츰 줄어들었고, 오롱고의 풍습도 결국 백 년 전에 맥이 끊겨 버렸습니다. 그때 라파누이의 마지막 조인으로 뽑혔던 몬날지롱이 바로 제 조부님이십니다. 제가 전하의 롱고롱고 목판을 간직하고 있었던 것도 그 덕분이었구요."

노인의 눈시울이 축축히 젖어 왔다. 꿈에 그리던 호투마투아를 만나 제 손으로 롱고롱고를 전한 것이 새삼 감동스러운 모양이었다. 노빈손은 노빈손대로 신탁의 비밀을 깨쳐 준 노인에게 커다란 고마움을 느꼈다. 절을 해야 할 사람은 노인이 아니라 바로 노빈손과 말리쟈였던 것이다.

"그미지롱."

"예, 전하."

"호투마투아가… 아니, 내가 처음으로 상륙한 곳이 어디였지?"

신비로 가득 찬 오롱고 절벽의 그림

라파누이의 남서쪽엔 '라노카오'라는 화산 봉우리가 있다. 꼭대기까지 오르는 데 2시간가량 걸리는 그 봉우리의 바다 쪽 절벽이 바로 1백 년 전까지 매년 조인을 선발하던 오롱고 절벽이다. 절벽의 벽면에는 날개를 펄럭이며 날아오르는 조인 그림이 새겨져 있는데, 몸통은 사람이지만 머리는 새의 모습을 하고 있다. 모아이와 더불어 라파누이의 양대 수수께끼로 꼽히는 그 그림을 보기 위해 해마다 수많은 관광객들이 라파누이로 몰려간다.

호투마투아가 닻을 내린 곳

전설에 의하면 호투마투아 일행이 처음 상륙한 곳은 아나케이 해안이다. 인근 타이티 섬에서 옮겨 온 코코야자 나무가 무성한 숲을 이루고 있는 이 해안에는 '호투마투아 상'이라 불리는 거대한 모아이가 바다를 내려다보며 서 있다. 또 섬 중앙부의 '앙가로아 마을'엔 옛 왕의 이름을 딴 '호투마투아 거리'도 조성되어 있다.

"그걸 전하가 모르시면 누가 알겠습니까?"

"당연히 북쪽 해안이겠죠. 마야족이 살던 중앙 아메리카에서 배를 타고 왔으니까."

이렇게 똑똑할 수가. 정말이지 말숙이랑은 차원이 다르다니까. 노빈손은 감탄한 눈빛으로 말리쟈를 쳐다보며 그윽한 목소리로 말했다.

"갑시다, 중전."

노빈손을 노려보는 말리쟈의 눈빛이 장희빈처럼 표독스럽게 변하고 있었다.

내려오는 길은 아까에 비해 훨씬 수월했다. 그미지롱 노인이 말리쟈를 자기가 업겠다고 박박 우겼던 것이다. 하지만 몸은 편해도 노빈손의 마음은 별로 편치 않았다. '이고 진 저 늙은이 짐 벗어 나를 주오'라는 옛 시조가 자꾸만 머리에 떠오른 까닭이었다.

마지막 위기

섬의 북쪽. 거대한 모아이 하나가 수평선을 바라보며 외로이 서 있었다. 다른 모아이들에 비해 훨씬 더 크고 육중한 그 모아이의 키는 줄잡아 10m는 되는 듯했다.

"오! 저 모아이는……."

그미지롱이 커다란 목소리로 부르짖었다.

"신조(神鳥 : 신령스러운 새)가 즐겨 찾던 바로 그 모아이옵니다. 그 새가 왜 하필 저기에만 앉았나 했더니 역시다 이유가 있었군요."

"새라니?"

"몬날지롱 조부님에 의하면, 이 섬엔 거대한 알바트로스(신천옹) 한 마리가 살고 있었다고 합니다. 오롱고에서 조인을 뽑는 날이면 어김없이 어디선가 날아오는 그 새를 섬사람들은 전하의 영혼이라 믿고 신령스럽게 여겼습니다. 그 새는 늘 이 모아이의 어깨에 내려앉아 앞바다를 내려다보곤 했는데, 조인 풍습이 사라져 버린 뒤엔 단 한 번도 모습을 드러내지 않았다는 겁니다. 물론 소인도 전혀 본 적이 없고……."

"그런 일이 있었던 말이지."

노빈손은 문득 엄마의 잔소리가 생각났다. 빈손아! 당장 못 일어나? 밥 먹고 금방 드러누우면 나중에 송아지로 태어난단 말야. 엄마 말대로 사람이 윤회를 거쳐서 다른 생물로 태어난다면 그 알바트로스는 정말로 호투마투아의 환생이었을지도 모른다. 그는 늘 새처럼 하늘을 나는 꿈을 꾸었다고 했으니까.

노빈손은 한달음에 모아이의 발치로 달려갔다. 긴장된

신천옹은 예로부터 신령스런 새로 여겨진 대표적인 바닷새. 뱃사람이 항해 도중에 병이나 사고로 인해 죽으면 신천옹으로 환생하여 바다 위를 떠돌아다닌다는 전설이 있다. 거의 평생을 바다 위에서 보내며 쉴 때도 물 위에 떠서 쉬는 신천옹이 육지로 가는 유일한 시기는 알을 낳을 때. 남극 대륙의 북쪽을 날아 다니는 큰 신천옹은 산란기가 되면 육지로 되돌아가기 위해 1만 2천 Km에 이르는 긴 여행을 한다.

표정으로 모아이의 얼굴을 올려다보는 그의 눈에서 번쩍 섬광이 일었다. 눈동자가 있어야 할 부분이 뻥 뚫린 채 휑하게 비어 있었다.

"있어요?"

말리쟈가 초조한 목소리로 물었다.

"없어."

노빈손은 담담하게 대답하며 조용히 주머니를 움켜쥐었다.

이제 이 속에 든 오리하르콘을 저 구멍에 박아 넣기만 하면 되는 것이다. 화가가 용의 눈알을 그리는 것으로 그림을 마무리하듯, 모아이의 눈알을 꽂음으로써 모든 일을 매듭지으면 되는 것이다. 그러면 아틀란티스인들이 겪고 있는 1만 년의 형벌이 끝나게 되고, 2천 년간 허공을 헤매고 있을 호투마투아의 한이 풀리게 되고, 예쁜 말리쟈의 아픔 역시 깨끗이 사라지게 되는 것이다.

"정말 다행이야."

"뭐가요?"

"니가 신탁을 해결할 수 있다는 게. 생각해 봐. 만일 싸우리우스나 다른 전쟁광들이 우리보다 먼저 신탁을 풀었다면……."

그러면 인류는 졸지에 그들의 야심 앞에 무릎을 꿇게 될 것이다. 그 동안 그들의 육지 진출을 막아 왔던 포세이돈으

이제
이것만 눈에
꽂으면…
껄~
껄~
껄~
어휴~
무거
끙~
억

로서도 더 이상은 어쩔 도리가 없을 테니까. 직접 내린 신탁의 약속을 어긴다는 건 신으로서는 상상도 할 수 없는 일이기 때문이다.

"이게 다 빈손 씨 덕분이에요."

"흠흠, 그게 아니라 내가 중전을 잘 만난 덕이지."

노빈손이 코를 벌름거리며 말리쟈를 쳐다보는 순간, 어디선가 피식 하고 타이어에서 바람 빠지는 듯한 소리가 들려왔다. 어쭈구리, 왕이 말하는데 감히 비웃어? 노빈손의 눈썹이 여덟 팔(八)자로 변하며 꿈틀거리는 순간, 지옥 밑바닥에서 들려오는 듯한 음산한 소리가 일행의 귀를 뒤흔들었다.

"흐흐흐. 정말 놀고들 있구나."

쿵—. 심장이 얼어붙는 듯한 충격이 온몸을 엄습했다. 노빈손의 몸이 막대기처럼 빳빳해지고 말리쟈의 얼굴이 얼음처럼 창백해졌다. 싸우리우스와 그의 부하들이 손에 손에 총을 든 채 저승사자처럼 해변으로 올라서고 있었다.

포세이돈은 죽지 않았다

"흐흐, 좋게 말할 때 내놓으시지."

"쏘가리 같은 놈. 뱀장어 같은 놈. 절대 못 줘. 죽어도 못 준다구."

노빈손은 고래고래 악을 쓰며 싸우리우스에게 욕설을 퍼부어 댔다. 오리하르콘을 달라니. 이 소중한 신의 눈을 달라니. 아틀란티스의 부활의 눈동자를 이제 와서 빼앗긴다는 건 정말이지 말도 안 되는 일이었다.

"죽어도 못 준다? 흐흐, 과연 죽어서도 그걸 안 내놓는지 한번 볼까?"

싸우리우스는 보기에도 섬뜩한 시커먼 총구를 노빈손에게 겨누며 잔인한 웃음을 흘렸다. 으으— 끝장이야. 노빈손의 머리가 체념과 절망으로 아득해지는 순간, 말리쟈가 울음 섞인 목소리로 부르짖었다.

"싸우리우스!!"

"윽! 깜짝이야. 쬐끄만 계집애가 웬 목소리가 그렇게 커?"

"제발 그만둬요. 당신들의 허황된 꿈은 절대 이뤄지지 않을 거예요."

"헛소리하지 마. 우린 기어이 세계를 지배하고 말 거야. 1만 2천 년을 참고 기다려 왔는데 이제 와서 그 꿈을 포기하라구?"

"신이 당신들을 그냥 내버려둘 거 같아요?"

"흥! 제 입으로 내린 신탁인데 이제 와서 어쩌겠어? 약

고래들은 여름과 겨울을 각기 다른 곳에서 보내는 경우가 많다. 이를테면 여름은 알래스카에서 보내고 겨울은 하와이에서 보낸다. 암수 컷이 서로 다른 경로로 수천 Km를 이동하기 때문에 다시 만나려면 짝짓기 노래가 반드시 필요한데, 녀석들은 엄청나게 먼 거리에서도 효과적으로 신호를 보내는 방법을 알고 있다. 고래의 노래는 놀랍게도 1천 Km 이상 떨어진 곳까지 퍼져 나가며 버뮤다 대왕고래는 무려 1,800Km 밖에서 신호를 보내기도 한다.

193

속을 어기는 순간 신으로서의 힘과 권위를 깡그리 잃어버
릴 텐데."

"흑!"

말리쟈는 안타까운 표정으로 바다를 돌아보며 울음을 터
뜨렸다. 신이여! 제발 당신의 전지전능한 능력을 보여 주소
서. 하지만 싸우리우스는 여전히 비웃는 표정으로 야비한
미소를 머금으며 비아냥거렸다.

"어디 한번 빌어 보시지. 그 잘난 신에게 평화를 지켜 달
라고 빌어 보란 말야. 1분 안에 응답이 없으면 저 망둥이
같은 녀석을 없애버릴 테니까 그런 줄 알아."

말리쟈는 땅바닥에 무릎을 꿇은 채 두 손을 모으고 간절
한 표정으로 기도를 올렸다. 하지만 신이 다스린다는 바다
에서는 아무런 변화도 일어나지 않았고, 그러는 사이 시간
은 자꾸만 흘러갔다. 50초… 55초… 59초. 지금껏 기울여
온 모든 노력이 한순간에 물거품으로 변하려는 순간,

"와, 왕자님!!"

황급한 목소리와 함께 싸우리우스의 부하 하나가 물속에
서 불쑥 고개를 내밀었다. 싸우리우스가 눈살을 찌푸리며
고개를 휙 돌렸고, 혹시나 했던 노빈손은 그만 절망스런 표
정으로 고개를 푹 떨어뜨렸다. 니체가 옳았어. 신은 죽은
거야. 아니면 늙어서 가는귀가 먹었거나. 그렇지 않고서야
어떻게 저 간절한 기도를 못 들을 수 있단 말야?

"웬 호들갑이야?"

"크, 큰일 났습니다요."

"무슨 일인데?"

"바, 방금 본국에서 무전이 왔는데… 우, 우리 서아틀란티스의 무, 무기고에서… 포, 폭발이……."

"뭐라구?"

싸우리우스는 벼락처럼 고함을 지르며 부하의 멱살을 움켜잡았다. 말리쟈의 눈이 기쁨과 놀라움으로 빛났고, 앞으로 푹 숙여졌던 노빈손의 고개가 이번엔 거의 180도에 가까울 정도로 뒤로 홱 젖혀졌다. 야호! 신은 죽지 않았어! 아니면 보청기를 끼어서 청력이 갑자기 좋아졌거나…….

"폭발이라니! 대체 그게 왜 터졌단 말야."

"캑캑! 화, 화산이 폭발해서……."

"이익!"

싸우리우스가 신음을 내뱉으며 낭패스런 표정을 짓는 순간, 또 다른 부하들이 황급히 물살을 가르며 나타났다.

"왕자님! 신탁을 해결한 뒤에 출정하려던 함대가 지진으로 죄다 몰살했답니다!"

"비밀 무기를 제작하던 연구소가 해저 화산 폭발로 팔만 사천 조각이 났답니다요!"

"잠수정 오만 대가 한꺼번에 망가졌다는뎁쇼?"

"오메! 우리가 타고 온 잠수정까지 망가져 버렸다아—."

고래와 음파 4 : 돌고래의 묘기

초음파를 발사한 뒤 반사되어 되돌아오는 메아리의 세기와 소요시간을 계산하면 앞에 놓인 물체의 크기나 모양을 파악할 수 있다. 이를 '반향감지법'이라고 한다. 돌고래는 바로 이 방법을 이용하여 어둠 속에서 먹잇감을 찾고 지형을 파악한다. 그리고 심지어는 몸속을 꿰뚫어보거나 장애물 뒤에 숨은 물체를 찾아내기도 한다 (첨단 의료기기처럼). 때로는 강한 음파를 발사하여 상대를 마비시켜 버릴 때도 있다.

1996년, 북태평양 밍크고래들이 뜻밖에 일본 홋카이도 연안에 몰려왔다. 때마침 그곳에 바글거리던 꽁치 떼를 찾아 온 것이다. 하지만 장님에 가까운 밍크고래가 어떻게 그 먼 곳에서 그 작은 꽁치들을 찾아냈을까? 밍크고래는 음파를 통해 수온을 감지하는 기막힌 비법을 갖고 있다. 그래서 꽁치가 우글대는 난·한류 교차지역을 정확히 찾아낼 수 있는 것이다. 수온에 따라 음파의 전진속도가 달라진다는 점을 이용하면 인간도 비슷한 능력을 발휘할 수 있지만 거기엔 반드시 슈퍼컴퓨터가 필요하다. 최첨단 '해양음향 단층촬영법'을 밍크고래가 인간보다 먼저 알고 있을 줄이야.

"으으— 으아아아—."

한꺼번에 밀어닥친 소식 앞에서 한동안 씩씩거리던 싸우리우스는 돌연 실성한 사람처럼 괴성을 질러 대기 시작했다. 말리쟈가 다시금 간절한 표정으로 싸우리우스를 불렀다.

"싸우리우스!"

"으으……."

"아직도 모르겠어요? 신은 아틀란티스인들의 전쟁과 파괴를 두 번 다시 용납하지 않을 거예요."

"흐흐흐……."

"무력은 결코 영원할 수 없어요. 진정한 힘은 무기에서 나오는 게 아니라 평화와 화합에서 나온다구요."

"흐흐흐흐……."

싸우리우스는 게슴츠레한 눈으로 말리쟈를 바라보았다. 잔인함으로 빛나던 눈이 어느새 동태처럼 흐리멍덩하게 변해 있었다.

"끝장이라 이거지. 우리의 꿈이 다 박살나 버렸다 이거지. 이젠 너희 동아틀란티스가 우릴 집어삼킬 거라 이거지."

"아뇨, 절대 그렇지 않아요."

말리쟈는 말도 안 된다는 듯 단호하게 고개를 저었다.

"내가 신탁을 풀고 지배자가 된다 해도 난 동아틀란티스

를 무력으로 점령하진 않을 거예요. 내가 원하는 건 지배가
아니라 평화니까요. 당신이 평화를 약속해 주기만 하면 그
깟 왕관쯤은 얼마든지 양보할 수 있다구요."

"흥! 웃기지 마."

"싸우리우스. 제발 날 믿어요. 약속할게요. 돌아가면 제
일 먼저 우리의 무기들을 죄다 없애버린다고."

"안 믿어. 아니, 못 믿어. 난 그 따위 사탕발림에 넘어갈
정도로 어리석지 않다구. 흐흐흐. 넌 지금 마치 아틀란티스
의 왕이라도 된 것처럼 건방을 떠는데, 웃기지 마. 잠수정
이 망가졌다면 나뿐만 아니라 너 역시 돌아갈 수 없어. 알
아?"

"신이 도울 거예요."

"흥! 그 전에 너희들 몸이 벌집으로 변할 텐데?"

싸우리우스의 눈에 예전보다 훨씬 섬뜩한 잔인함이 찾아
들었다. 그가 시커먼 총구를 들어 말리쟈를 겨냥하는 순간,
바다 저편에서 문득 이상한 소리가 들려 오기 시작했다.

죽음으로 밝힌 바다

그 소리는 처음에는 마치 먼 곳의 북소리처럼 희미하게

고래와 음파 6 : 2천5백만
년간의 학습

고래가 육지를 떠나 바다로
간 건 약 4천만 년 전. 음파
를 방출하기 시작한 건 약 2
천5백만 년 전이다. 녀석들
은 성대가 없지만 대신 콧속
주름을 진동시키는 방법으
로 음파를 내보낸다. 냄새를
거의 못 맡고 눈도 거의 장
님이지만 음성 정보를 수집
하는 신경조직은 인간과는
비교도 안 될 정도로 발달해
있다. 그걸 통해 바다 속의
모든 소리들을 수집하고 분
석하고 활용하며 장거리 교
신술을 습득해 온 것이다.
고래의 음파 기술은 2천5백
만 년간 대대로 이어진 학습
과 유전의 결과물인 셈이다.

197

무시무시한 해일의 위력

해일은 여느 파도와는 다르다. 파도는 바람에 의해 생기지만 해일은 해저 화산이나 지진 때문에 일어난다. 폭발 충격에 의한 물의 진동은 처음엔 배를 타고 지나가도 느끼지 못할 정도로 미미하다. 하지만 육지를 향해 퍼져 나가는 동안 차츰 확대되어 해안에 이를 때쯤이면 수십 m나 되는 높은 물살을 일으키게 된다. 섬을 통째로 삼킬 듯한 거대한 해일을 '쓰나미(항구의 파도)'라 부르는데, 역사상 가장 사나웠던 쓰나미의 높이는 무려 85m에 이른다.

들렸다. 그러더니 이내 귀청을 찢어 버릴 정도로 요란하게 변하기 시작했다.

두두두두두——.

말발굽 소리였다. 우레와 같은 말발굽 소리가 섬을 통째로 뒤흔들며 다가오고 있었다. 동시에 바다 위에선 세상을 삼킬 듯한 무시무시한 파도가 휘몰아치기 시작했다. 오오! 저 소리는……. 말리쟈의 입에서 감격의 부르짖음이 튀어 나왔다.

"신의 말 떼다!"

청동빛 발굽과 황금빛 갈기. 그건 다름 아닌 포세이돈의 말 떼였다. 포세이돈의 수레를 끌고 다닌다는 천상의 말 떼가 태평양을 뒤흔들며 라파누이 섬으로 달려오고 있는 것이다. 말리쟈를 머나먼 대서양으로 데려다주기 위해서. 싸우리우스의 얼굴이 순식간에 시커먼 흙빛으로 변하고 있었다.

"빌어먹을. 마지막까지 훼방을 놓다니……."

말들은 눈 깜짝할 사이에 허공을 에워싸더니 앞다리를 높이 쳐들고 더운 콧김을 내뿜었다. 푸르르르—. 수백 마리의 말들이 뿜어 내는 더운 콧김이 섬 전체를 뜨겁게 달구고 있었다. 핏발 선 눈으로 말 떼를 쳐다보던 싸우리우스가 신경질적으로 부하들에게 고함을 질러 대기 시작했다.

"뭐해? 당장 저것들을 없애버려!"

슝! 슈우웅 —. 부하들의 총구가 일제히 불을 뿜었다. 하지만 말들의 몸은 무쇠로 빚어졌는지 아무리 쏘아 대도 죽기는커녕 가죽에 흠집조차 나지 않았다.

"싸우리우스! 아직도 깨닫지 못하나요? 신을 거역하기 위해 만든 무기가 신은 고사하고 그의 말들에게조차 통하지 않는다는걸? 포세이돈은 훼방을 놓는 게 아니에요. 당신들의 꿈이 얼마나 부질없는 것인지 보여 주고 있는 거예요."

말리쟈는 필사적으로 싸우리우스를 설득했다. 한동안 고래고래 악을 쓰며 총을 쏘아 대던 싸우리우스는 결국 허탈한 표정으로 모래 위에 털썩 주저앉았다.

"흐흐— 결국 아무리 기를 써도 신을 이길 수 없다 이건가?"

넋 나간 듯 중얼거리던 그의 얼굴에 문득 싸늘한 기운이 감돌았다. 고개를 돌려 노빈손을 쏘아보는 그의 눈빛은 마치 미치광이의 그것처럼 섬뜩해 보였다. 스스슷 —. 그의 총구가 또다시 노빈손을 향해 움직였다. 아니, 정확히 말하면 노빈손이 들고 있는 주머니를 겨냥한 것이었다.

"흐흐흐—."

"무, 무슨 짓을 하려는 거야!"

"그 오리하르콘을 박살내 버리면 동아틀란티스 역시 영원히 육지로 못 나가겠지? 흐흐— 기왕에 망하는 거 같이

바다에 깃들어 있는 의학분
야의 잠재력은 상상을 초월
한다. 지상의 자연물질들이
거의 고갈되어 신물질을 이
용한 신약 개발이 벽에 부딪
히면서 학자들의 관심은 하
루가 다르게 바다로 쏠리고
있다. 이미 해면의 독에서
'디스코 더 몰리데' 라는 항
암물질이, 상어의 간에서
'스쿠알라민' 이라는 항암물
질이, 투구게의 피에서
'T22' 라는 AIDS 치료제가
추출되어 실험을 거치고 있
다. 21세기에 탁월한 신약이
개발된다면 그 대부분은 아
마도 바다에서 건져올린 물
질들일 것이다.

망하자 이거야."

"이익—."

악마 같은 놈. 노빈손은 증오에 찬 눈으로 싸우리우스를
노려보았다. 신은 대체 뭐하는 거야. 말 떼만 보내고 혼자
낮잠이라도 자겠다는 거야 뭐야. 이 꼴을 보고도 가만히 있
으면 어떡하냐구. 혹시 보청기만 있고 돋보기가 없는 거 아
냐? 방아쇠에 걸쳐진 싸우리우스의 손가락에 서서히 힘이
가해지고 있었다.

푸슝—. 총구가 불을 뿜었다. 노빈손이 몸을 돌려 필사적
으로 모아이 쪽으로 뛰었다. 그리고 해변의 모래밭에 주저
앉아 있던 말리쟈가 마치 새처럼 허공으로 몸을 날렸다. 세
가지 일이 마치 약속이라도 한 듯 동시에 벌어졌고, 세 마
디의 외침이 역시 찰나의 오차도 없이 동시에 튀어나왔다.

"아악!!"

"말리쟈!!"

"치잇— 저 계집애가."

말리쟈는 피투성이가 된 채 해변에 쓰러져 있었다. 노빈
손은 넋나간 사람처럼 비틀비틀 그녀에게 다가갔다. 싸우
리우스가 이를 악물고 다시 총구를 겨누는 순간, 하늘이 갑
자기 어두워지며 거대한 그림자가 해변을 뒤덮었다. 어디
선가 거센 돌개바람이 일어나 해변의 자갈들을 낙엽처럼
사방으로 흩뿌리기 시작했다.

"저, 저건 또 뭐야!"

태양을 가리며 나타난 거대한 물체. 그건 거대한 알바트로스였다. 눈처럼 새하얀 몸통과 칠흑처럼 새카만 날개. 뱃사람들에 의해 신령스러운 새로 불리는 알바트로스가 커다란 날개를 접으며 내려앉고 있었던 것이다. 그 옛날 호투마투아의 환생으로 여겨지던 바로 그 알바트로스가 틀림없었다.

싸우리우스는 황급히 주변을 둘러보았다. 하지만 그의 부하들은 날아다니는 자갈에 온몸을 얻어맞은 채 짚단처럼 널브러져 있었다. 요행히 자갈을 피한 부하들도 잇달아 나타나는 괴이한 현상에 기가 질려 다들 머리를 싸매고 엎드린 상태였다.

"싸, 싸우리우스."

말리쟈가 가쁜 숨을 몰아쉬며 힘겹게 입을 열었다.

"이제 그만… 욕심을 버려요. 인간은 결코 신을 이길 수 없어요. 두 번이나 신의 뜻을 저버리는 어리석음을 범하지 말고 평화를 위해 힘을 합쳐요……."

"……."

싸우리우스는 비참하게 얼굴을 일그러뜨리며 총을 바닥에 떨어뜨렸다. 말없이 그 모습을 응시하던 말리쟈가 이번엔 알바트로스를 향해 천천히 고개를 돌렸다. 세숫대야만 한 눈을 꿈벅거리며 앉아 있던 알바트로스가 성큼성큼 말

리쟈를 향해 다가오기 시작했다.

"날 저 위로 데려다주렴."

알바트로스는 알았다는 듯 고개를 주억거리더니 배를 땅에 붙이고 납작 엎드렸다. 그러고는 말리쟈를 등에 태운 채 모아이의 어깨 위로 날아 올랐다.

마침내 다가온 최후의 순간. 말리쟈는 떨리는 손으로 오리하르콘을 꺼내 모아이의 눈에 꽂았다. 한 개, 그리고 또 한 개. 바다의 신 포세이돈이 내린 부활의 신탁이 2천 년 만에 기어이 실현되는 순간이었다.

파파팟—.

모아이의 눈이 찬란한 오색으로 빛났다. 세상의 모든 것이 거대한 빛의 소용돌이 속으로 한꺼번에 빨려들어갔다. 타버릴 듯한 눈부심이 조금씩 가라앉을 무렵, 감격에 찬 외침 소리가 그미지롱 노인의 입에서 터져 나왔다.

"쌍무지개다!!"

끝없이 길게 이어진 남태평양의 수평선. 찬란하디 찬란한 두 개의 무지개가 환상처럼 아름답게 떠올랐다. 두 눈동자에 무지개를 하나씩 담은 채 마지막 숨을 몰아쉬는 말리쟈의 입가에도 소리 없이 미소가 떠오르고 있었다.

203

에필로그

　새벽. 노빈손은 오롱고 절벽 위에 홀로 서 있었다. 그의 발치엔 세 개의 봉긋한 무덤이 나란히 솟아 있었다.

　"말리쟈."

　첫번째 무덤 앞에 꿇어앉은 노빈손이 나직한 목소리로 말했다.

　"모두들 널 잊지 않을 거야. 죽음으로 평화를 지킨 너의 숭고한 뜻을. 싸우리우스는 돌아가면 맨 먼저 분단의 경계선을 허물어 버리기로 약속했어. 그리고 무기를 전부 없애겠다던 네 약속을 동아틀란티스인들에게 전해 주기로 했어. 하지만 통일이 된 뒤에도 왕관은 절대 쓰지 않을 거래. 그걸 쓸 자격은 오직 너에게만 있는 것이니까. 이제 아틀란티스인들은 대서양의 작은 무인도에 터를 잡고 살아가면서 다시 다리가 생길 때까지 기다리게 될 거야. 그리고 가볼레옹."

　노빈손이 두 번째 무덤을 가만히 쓰다듬었다.

　"당신의 유언대로 난 아틀란티스에 갔었어요. 그리고 아틀란티스의 부활을 위해 최선을 다했어요. 당신도 봤나요? 수평선 위에 떠오르던 부활의 쌍무지개를."

　그의 눈길이 마지막 무덤으로 향했다.

"다가마 할아버지."

그 무덤은 다가마의 것이었다. 평생을 바다 위에서 보내고 결국은 바다로 돌아간 노인.

"약속을 지켜서 기뻐요. 할아버지가 부탁한 대로 이곳 라파누이에 무덤을 만들어 드렸으니까요. 이제 여기에 편안히 누워서 종일토록 바다를 내려다보세요. 할아버지가 그토록 사랑하시던 바다잖아요."

잠시 눈을 감고 사라져 간 벗들을 생각하던 노빈손은 다시 일어나 해변을 내려다보았다. 호투마투아의 모아이가 빛나는 눈으로 바다를 굽어보고 있었다.

"호투마투아, 당신의 소원이 이루어져서 기뻐요. 마음 같아선 당신의 무덤도 함께 만들어 주고 싶었지만……."

노빈손은 말을 하다 말고 갑자기 쓴웃음을 지었다. 호투마투아의 무덤을 만들겠다고 했을 때 펄펄 뛰며 말리던 그 미지롱 노인이 떠올랐던 것이다. 노인은 네 번째 무덤을 파려는 노빈손의 가랑이를 필사적으로 잡고 늘어지며 이렇게 말했었다.

"전하, 제발 고정하시옵소서. 세상에 제 무덤을 제가 파는 사람이 어디 있습니까?"

한동안 실랑이를 하다가 결국 두 손을 들어 버린 노빈손은 문득 자기의 전생이 몹시 궁금해졌다. 어쩌면 정말로 자기가 호투마투아 왕이었는지도 모른다는 생각이 들었던 것

이다. 그렇지 않고서야 왜 노인의 꿈속에 자기가 나타났겠
는가. 한국에 돌아가면 엄마한테 부탁해서 용한 점쟁이를
꼭 한번 찾아볼 생각이었다.

다시 한 번 세 개의 무덤을 번갈아 어루만진 뒤, 노빈손
은 이제 막 해가 떠오른 수평선을 향해 고개를 돌렸다. 잔
잔한 물결, 따뜻한 햇살, 그리고 해맑은 하늘. 세상에서 가
장 넓고 가장 깊은, 그러면서도 가장 평온한 바다였다.

아름답구나. 말리쟈가 그토록 소중하게 여기던 평화가
바로 저런 것이었겠지. 고개를 끄덕이던 노빈손의 머리에
문득 아주 중요한 사실 하나가 떠올랐다.

"그랬구나! 바로 그거였어."

노빈손이 마음속에 품고 있던 마지막 의문. 그건 포세이
돈이 왜 신탁의 마지막 장소를 이곳으로 정했느냐는 것이
었다. 그런데 그 의문이 지금 막 풀린 것이다. 저 아름답고
평화로운 아침바다를 내려다보는 순간에.

"이 바다의 이름 때문이었구나. 퍼시픽 오션(Pacific
Ocean : 태평양)! 그건 바로 '평화의 바다' 란 뜻이었어."

마침내 모든 문제를 깨끗이 해결한 노빈손은 홀가분한
심정으로 언덕을 내려왔다. 하지만 그는 엄청 힘든 일이 하
나 더 남아 있다는 걸 미처 깨닫지 못하고 있었다. 울며불
며 매달리는 날라리야를 떼어놓아야 한다는 것을.

노빈손의 흥미진진한 모험은 곧 나올
<노빈손의 남극 어드벤처>에서 계속됩니다.

207